U0016363

大A／著

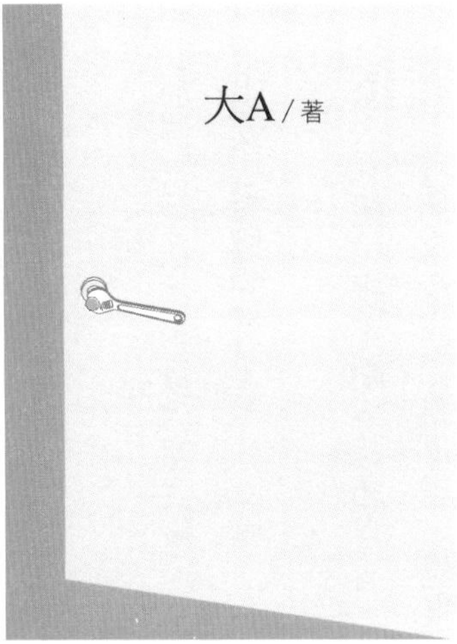

我・可愛了

〈各界推薦〉

大A這奇女子自己就是一本勵志書，她讓我們相信，即便在亂七八糟的人生裡，只要做對一個漂亮的決定，就夠可愛了！

——時尚藝人／暢銷作家　路嘉怡

那個總是在武裝自己的女孩，如今終於可以坐在屬於自己的旋轉木馬上安心燦爛的笑了。

——作家　張天捷

女人在愛情裡不斷成長和自省，是一定要的，但一旦踏入了婚姻和家庭，我們常會忘記要反省，也很容易把另一半對我們的好當作理所當然……一個有智慧的女人就要像大A寫的——可以在婚姻中找回那個可愛的自己！

——時尚媽咪　Melody

我看過穿著圍裙炒菜的大A，旁邊坐著兩個吃個不停的男生，在婚姻裡的她非常美。

——作家　葉揚

〈自序〉

好好被愛了，就可以去愛

很多時候，我會想起那個女孩子，我好像看著她長大。

我寫了很多她，很麻煩的她：看起來很聰明，容易被說成太聰明；喜歡一個人的時候就笨手笨腳，不知道要怎麼去愛。害怕自己的記性太好，沒有健忘的本能，不會忘恩負義；討厭自己的敏感熱情，最等不及要對一個人好，聽不懂「他沒那麼喜歡妳」的術語：「妳這樣讓我很有壓力。」

她還像個小女孩。會傻笑、會大哭、會讓自己丟臉。還以爲受夠了傷害，拚命說自己很傷心，總是排練著悲傷。

直到有一天，她的兒童樂園世界，放了一個壞人進來。他裝作不厲害，裝作不會害她，裝作不知道她會垮下。

她總算見了世面。原來每個女生都是小紅帽，遇到大野狼以後一夜長大。沒有了女孩的眼神，就會是心灰意冷的女人。

這麼多年過去，想起她的時候，還是有點拿她沒辦法，對她好氣又好笑。我想要寫一本書給她，或者給很像她的女生：

後來，她會知道，她不是不會相愛，好好被愛了就可以去愛。她會很意外，她那麼奇怪和有事，在愛情裡面大驚小怪，偏偏有一個男人太勇敢。她不要洩氣了，她沒有被「平凡」排擠，也有了家常的日子和重複的生活。

那個不知所措的少女、沮喪失望的女人，從她的身上脫落。她抱著自己的孩子，向她們揮手說再見。

謝謝和她一起走來的你們。

PART 2
寫給以前的自己

PART 3
我們到家了

PART 4
寶寶，請你慢慢來

PART 5
哭泣女孩

PART 6
一起青春

PART

1

以後就 麻煩你了

很常看你不順眼，

見不到你的時候又覺得每個人都很煩。

我又可愛了

現在和你日復一日地生活著，才知道「適合」不過就是如此。我們在對方面前，一直可以是自己原來的樣子。我終於打回了原形。

還在談戀愛的時候，我就知道我們有太多的不一樣。沒有想到有一天，會是和你一直在一起。

我以爲我們不適合，因爲我幾乎就是你的相反。我比你大五歲，是個大齡女子；你還很年輕，手長腳長的大男孩。工作把我磨得很利，我看起來強勢又驕傲；而你沒有野心，在生活裡晃來晃去。我很務實也很小心，不會跟自己開玩笑；你有一種過分的自在，過著天馬行空的日子。

「我們可以在一起多久呢？」在我穿著套裝提著名牌包，坐在你的摩托車後座的時候，我總是會這樣想。不是嫌棄不是委屈，而是非常悲傷——我已經回不去你那樣的時候了。

五年對一個女人來說太久了，五年前的我還有少女的體質——受傷了可以很快好起來，修得好自己，心裡沒有化不開的瘀血；五年前的我還很勇敢，敢愛敢當，愛了就是愛了，傷了也就認了。

還那樣天眞輕快，像是綁著馬尾跑步的女孩，像是抓起浪板就跑向了海。很容易就傻笑，喜歡一個人的時候就會很苦惱。還那麼喜歡愛情，喜歡傻裡傻氣的自己。沒有野心、沒有打算，就是想要戀愛。

沒有想到五年以後的我會自食其力。愛情把我逼得太強了，把我逼成了聰明能幹的女人。我不可以傻呼呼，傻呼呼就不會有好下場。我不要再想愛情了，愛情會要我弄我；還好我很會工作，工作會保護我，工作不會白費我的苦心。我要做一個很有用的女人。

我摔上了門，關住了心裡的小女生。她在裡面怎麼哭喊，我都不放她出來。「妳不要再出來丟人現眼。」

我不敢太大意，不敢掉以輕心，很怕自己沒有學會教訓。一直到見到你，我才知道，「傷害」終於動到我了。我看著你就像看到以前的我，那麼陽光熱情、那麼捨得對別人好；而我好暗沉，好會保護自己。

我以爲我們會是相愛一場，你遲早會聽進去的：「我們不適合。」於是我沒有想得太多，就是和你一天接著一天。

然而我們的孩子來了，孩子像是在急著告訴我：「就是他了啦！妳不要錯過他！傻女人自作聰明，還不知道自己已經幸福了嗎？」我忽然不以爲意了，過去以爲的種種不同；我就是想要和你生活在一起。

我們登記註冊，我們摸著越來越大的孕肚。我們發現，我開始脫落了我的好強和寂寞，我又是那個會坐在摩托車後座唱歌，看電影看到哭的小女孩。

「小女孩。」你總是叫我小女孩。

我才知道，其實我們很適合。我本來就是個簡單的人，過不起太難的日子。是那些傷害要我變得很強，可是我再也不用很強了，我可以做回我自己。也才知道，可以發脾氣而不害怕失去你，可以在地震、小腿抽筋、最慌亂的時候下意識叫出你的名字，那是「適合」帶來的幸福。所謂的門當戶對，不是各種外在條件，而是我們有對等的快樂。一段感情裡，不會只有一個人在難過或愉快。

是你讓我，成爲了適合和另一個人在一起的人。是你讓我很可愛，我終於可以去愛了。

和你在一起

「談戀愛這事是，你知道後來會發生一些鳥事。會哭泣、會爭吵、時而好氣又好笑，時而白眼翻不盡。但若到了好老好老，有時你坐在對方旁邊看著他，還會彼此對望突然一陣害羞，那也值了。」——貝莉

你或許認為我太務實，可是可以和你一直生活在一起，對我來說就是浪漫。在你出現以前的傷害，已經不是跟著不放的陰影，而是走掉的烏雲。

我做過的最好的決定，就是和你在一起。

那年的我們第一次見到彼此，還不知道再沒有多久以後，醒來的時候最先看到的是對方。我戴著一頂壓得很低的帽子，你穿著讓你看起來更瘦的襯衫。我們約在西門町的眞善美戲院看一部冷門的紀錄片。我

托住下巴看電影的時候，瞄到你在偷看我。散場的時候你問我要不要到處走一走？我說好哇。走過了沒落的商店街，你問我累不累？還好。跑過了倒數的紅燈，你問我喘不喘？不會。到了河堤坐下來，你問我最難過什麼？

「我最難過那些喜歡我的人，很容易對我失望。他們只喜歡我很開朗。」沒事的，愛情不就是在強人所難？我假笑了起來，笑得很乾。

不是這樣嗎？開始總是好的，後來壞掉了。多麼大量的喜歡，最後沒有遺憾就好。

你像是看到我掉在那裡了，沒有人會來領回的失物、在輸送帶上巡迴的行李箱。看起來很可憐，又不要別人可憐。「不給我的我不要，不是我的我不愛。」於是你沒有急著對我太好，你知道我會害怕會跑掉；你就是不走了，走不開了。陪著我快要好起來，陪著我忽然又壞掉，陪著我反反覆覆地發作、時好時壞的憂鬱症。最痛苦的時候，我淚流滿面地看著你，我覺得我不會好了，我已經走不下去。你不要見到我這個樣子，我很難看的。

「我就是這樣啊，我就是一個人最好。」我要你見死不救。我習慣折磨自己，可是我不習慣虧待。

你不是沒有脾氣，都是因爲太喜歡我而已。最後一次趕你走的時候，你心灰意冷地看著我，你終於因爲我受傷了，我做到了。你說你沒有想過，我這麼有傷人的本事，你一個人喜歡我也好，不在我身邊喜歡我就好，就不會那麼容易難過了。或許，我們應該分開，因爲你快要不能對我好了。

我就知道你自不量力，我怎麼會是你愛得起的女人呢？我很有自知之明。

然後，全世界都垮掉，又或者像是一塊接著一塊停電的街區。又來了、又暗了，伸手不見五指的日子要回來了，可以再收拾我一次。眼前一片黑，我站在原地哭泣。我的愛情就這麼見不得人嗎？我就是個讓人放棄的貨色嗎？

不聯絡的日子裡，到底是誰過得不好？我看著自己的手機，它是一座乏人問津的城。沒有來電沒有去電，收訊良好的地方一片死寂的螢幕。我很努力練習，回到沒有認識你的以前。想像過也許會有下一個人，他會笑納全部的自己……

然後我認出了那個人是你，就是你了。是你會爲了我趕來，不會嗤之以鼻以後走掉。是你總是好聲好氣，想要我慢慢好起來，想要以後「一起」做好多事。

「那一年到威尼斯的時候，我很快就離開了。因爲我不想要一個人在這麼美的地方，我要帶一個我很喜歡的女生來這裡，我要把這個地方留給她。」你很認眞。

而你最打動我的，是你看不出來，我也沒有想到的——你的身上有一種很多人從來沒有過的善意和溫柔，他們生來就缺乏。你竟然沒有把善良當作優點，很少表現出來你對別人的好；「善良」是你的質地，「善良」讓你的愛情不是一場戀愛而已，不是爲了要讓我喜歡你。你好像是在確保，就算我們的愛情只會像是一場假期，以後的我也可以讓你放心，我不會再把自己活得不好。

我想起來了，我原本很溫柔，幾乎可以是你。是一些手段和場子、說詞和嘴臉，讓我嫌棄了自己多事，對於「去愛」反感。忘記了讓我痛苦的不是付出，而是忍耐，忍著不吼叫：「你不要欺人太甚。」「我人好就活該被欺負嗎？」

我忘記了我捨得對人好。

我可不可以不要傷害你了？不要一直怕一直跑。我可不可以好好和你在一起？有一天讓我照顧你。我不知道自己做不做得到，可是我不想那麼囉唆了，我不要再鬧了。我好荒唐又誇張，一直以來想要幸福，又以爲自己配不起幸福。難以接受你的原因，是不想要相信自己得到。

再在一起以後沒多久，我們有了孩子，手忙腳亂地結婚。我曾經對婚禮有很多想像：蒂芬妮藍色的戒指盒、華裔美籍設計師的婚紗、一個水晶般的禮堂。然而我們的婚禮就是簡單沒有排場，吃喝胡鬧的場面。從紅毯彼端走向你的時候，我感到那些璀璨如流金、華麗的生活再也不是我的追求；我就是想要去你在的地方，我不能讓你一個人。因爲，你把過去的我接回來了。不是你的話，我一個人根本做不到的啊。

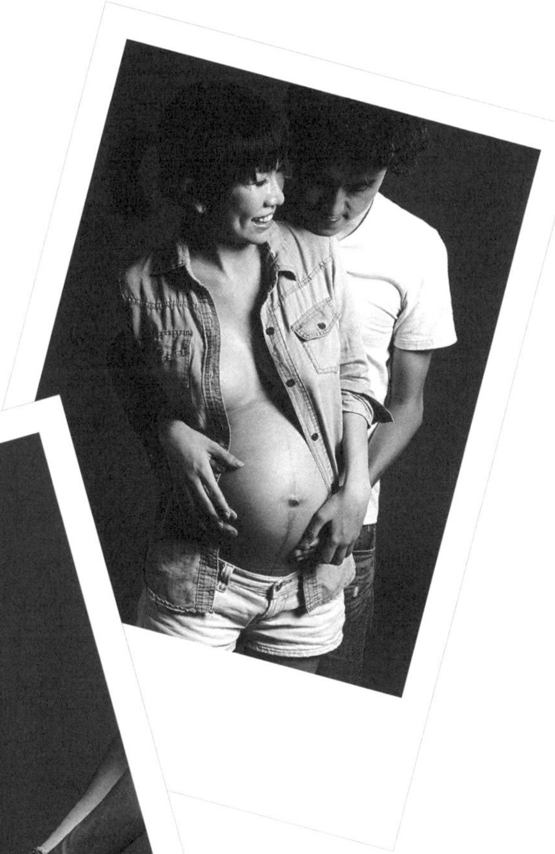

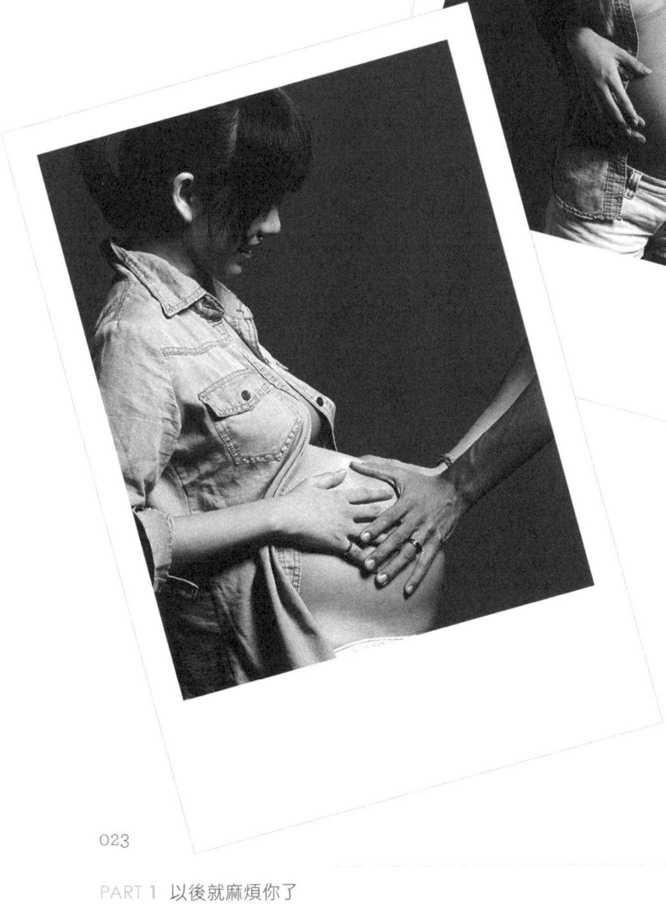

婚禮誓詞

我：「你那時候喜歡我什麼？」
他：「妳看起來很酷，可是很傷心。」
我：「什麼跟什麼啊？」
他：「我就覺得我要保護妳，保護到讓妳保護我為止。」

和你結婚的時候，我因爲害怕在台上哭得很難看，所以沒有交換誓言。那個檔名是「婚禮誓言」的檔案，一直都在我的電腦裡。

我有時會想著那一天，我的爸爸挽著我的手走向你的時候，你在想什麼呢？你會不會覺得，從此以後要讓出你的生活？你得看著「自由」慢慢流失，像是退潮時候被海水帶走的腳底下面的沙。你得像我在換季時整理衣櫃，丟掉所有的不合時宜：以後就不能想走就走了吧？最不得已的時候還是要留下吧？

沒有想到啊，我這樣一個好強又愛哭的笨蛋，讓你變成了另一個人。那些哭哭啼啼的日子，你哪裡也不想去，急著跑來找我，要我跟著你就好。你不停不停地說話，說個沒完沒了，「妳知道嗎，我不是討厭妳喝酒，我是討厭自己讓妳寂寞。」「我怎麼會讓妳寂寞呢？」你從新北市騎車來各式各樣的小酒館接我回家，我坐在後座抱著你的腰，感受到你的洩氣。我到底對你做了什麼啊？

過去如此生動。有一個人愛我，不是爲了要我愛他。你付出到自己都累壞了，還要我不要自責，那是你自願的。

而我在走向你的時候想著的是：你讓我情願了過去無數次的失敗，那些失敗多麼值得。原來我等不到一些人的原因是，我得在等待的時候好好想想，我要分清楚我想要的不等於我需要的。

於是我很堅定，也很隆重，我想要一直跟你在一起，每天都看到你這個、這麼討人厭的傢伙啊。

婚禮誓詞：

和你認識的時候，是我過得最不好的那年。我被開了一個很大的玩笑，有人忘記了一次只能和一個人在一起。

所以我對你很不好，我不要你喜歡我，我以爲你喜歡我到我也喜歡你的時候，你就會發現：「妳也不過就這樣嘛！」然後，你會對我不以爲然，我會慌張地看著你嫌棄我。

可是你一直對我很好。

說好要分手的那天，你在我面前哭了起來，你說你沒有想過，有一天會爲了親人以外的人掉眼淚。其實，我很抱歉傷害了你，你不應該愛上那時候的我，我已經壞掉了。我要你去找簡單美好的女孩子，她們可以給你一份輕快的愛情。

可是你不想走，你動都不想動。

你寫了一封字很醜的情書、唱完一首走音走到讓人不忍心的歌向我求婚、穿著一件過大的西裝外套來提親。你好傻，竟然敢愛我。

你看到驗孕棒和超音波照片的表情、你簽下結婚證書的手勢、你眼睛都還沒張開就走去嬰兒房抱起孩子的腳步聲。你好老實，把我當成了一回事。

今天，我們終於結婚了。我想都沒有想過有一天，我不用再被點名上台接捧花了，我不用再看著那張紅毯，想著什麼時候？什麼時候我的爸爸會牽著我的手，心不甘情不願地把我交給另一個人？「我是不喜歡你啦！看在我女兒的面子上，你給我識相點。」

原來，每一個光鮮亮麗的新娘，以前都曾經半夜哭著回家。

那張紅毯很短，可是我花了三十幾年的時間才可以走向你。謝謝你就像我的爸媽——你知道我有很多缺點，你看過我很丟臉可是你愛我。

以後就麻煩你了，麻煩你不要太超過。

結婚三年了，好像你昨天才說你愛我，好像愛上你沒有多久。我沒有一天不謝謝你珍惜又看得起我。比我小五歲的你，一直在帶著我，一臉「拿妳沒有辦法啊」地摸著我的頭說：「小女孩。」

你的眼光眞好，你怎麼那麼會。我已經可以保護你了，因爲你讓我有了強大的溫柔。

幸福的眞相

和你日復一日地生活著，才知道「適合」是這樣的：
不是你可以讓我佩服、你吃定我了、我以為你再好不過。
而是就算看出彼此的不同，你一直以來的習性，可能再也改不了的缺點。
可是還想在一起，還想和你一起老。因為啊：
我也就受得了你而已啊。

我有時候會想還好，見到你的時候已經是青春快要老。我沒有那麼天眞了，可是也還沒有手段。我認了自己不是很行，不會在愛情裡面專業，再也不會自以爲是。也才等到了「幸福」。原來它已經注意我很久，要確定我不會再自作聰明，太容易對它失望，才願意慢慢走過來。

原來過去的我想錯了它。以爲幸福是從此過著快樂的日子。像是被裱框裝幀的照片，傻傻的兩個人一直在笑；像是一首寫得很好的情詩，字裡行間都很喜歡他，不會有惡言或氣話。

別人的愛情故事是童話故事——他們都長得很好看、他們從來沒想過會分開。他向她求婚的時候，朋友都感動到想哭；她有了他以後就再也不怕了，因爲他什麼都比她強。她從此無憂無慮，被愛得很好。他想起她的時候就想笑，她還是一個小朋友啊。

我像是站在櫥窗外面的小女孩，指著玻璃窗裡面的王子和公主：「那是我要的愛情。」以爲愛情是全心全意喜歡一個人的一切，以爲相愛就不會失望、沮喪、遲疑、想著是不是要放棄？

於是很容易愛到了一半。

有段快樂的時光，也就是一小段快樂的時光。借來的幸福。愛情很快失效，相愛很快過期。

我太容易看出別人的缺點，然後不能確保還能愛他。

第一次發生的時候，像是知道了一個醜聞，原來再怎麼好的人也有軟弱和不堪的時候。我感到大失所望，不想要幸福的瑕疵品，沒有良心地摸摸鼻子就走了。少數的時候也會難受，怎麼不愛一個人就會變得殘忍？「你想我怎麼樣呢？我們就是不適合啊，這不是我要的愛情啊。」

後來的好幾次，我開始無所適從和自責不已。眼睜睜地看著自己快要不愛了，竟然比不被愛的時候還難過，因爲就要傷害一個人。「妳有想過，妳不會愛人嗎？」沮喪地自問自答。

每一場都是激烈又慘烈，一次又一次想著到底誰適合我？到底還有什麼是我不會搞砸的？

我善於前功盡棄，我好會。

於是遇到你的時候，我沒有想到就是你了，因爲我沒有在一開始就投入，那讓我以爲我不會愛上你。一直以來，我很快就會全力以赴，我以爲我不會日久生情。

日復一日地陪伴，哭累睡著醒來看到你還是抱著我。愛情大功告成，我察覺出來：「我很喜歡和你在一起」、「我想到了什麼都想跟你說」、「我可以每天見到你」。

後來我們慌慌張張地結婚生子，我才知道了幸福的眞相——我們會看出彼此有很多的不好，甚至是朋友不知道的惡習，可是不會放在心上。就算是，在生氣的時候說出難聽的話，幾乎要確保傷害到對方，直到看到對方受傷的表情才收手。然後一個人坐在沙發上面哭，另一個人躺在臥室的床上看著天花板。

還是想要在一起。

我不想再跑走了，我想和你在一起，我不想讓你等我。

我再也不害怕自己會忽然不愛。

然後也才知道，幸福有太多的不爲人知。幸福的風光是被日子堆出來的、被拱上台的，從來不是一出場就可以。我的那些看來婚姻有成的朋友，在被我問到「要怎麼樣才可以像你們一樣？」的時候，苦笑地說：「我們也是一直吵啊！」

「沒有離婚的原因不是爲了孩子或者害怕找不到更好的人，而是我知道我們很適合。一定會有更好的人，可是我很喜歡在他面前不用那麼好。」

原來如此，外人見到的「幸福」都是從衣櫃裡面找出可以見人的華服，可是實在的「幸福」是家居服，上面有很多「生活」的印漬，又皺又毛又塌；像是從洗衣機裡面撈起揪成一團的衣服，分不清楚誰是誰的。

誰不是身上有鬆脫的線頭？還好另外一個人替我們收好。

「幸福」的內裡，是有兩個人決定要一起過日子，然後持續地維護對方。爲了走到幸福這一步，扶著那個有時候會跌倒的人，等著那個有時候跟不上來的人。

「幸福」啊，幸福是我很常看你不順眼，見不到你的時候又覺得每個人都很煩。

我們的家

那不是房子，那是家。

週六晚上去大學同學家，以前提醒我要加退選和下課搖醒我的她，已經是兩個孩子的媽。

因為一些原因，他們要搬離了。她在廚房忙進忙出，匆匆地說著：「畢竟我們都用了很多心力……」「可以的話，就賣給一個好人。」

我完全懂得。

不是過不了不一樣的日子，也知道住得到更大的房子。可是捨不得啊，這個自己第一次做菜被燙傷、孩子從黏著哄著到學會了走路、家具從無到有到俱全的家。這個家照顧了我們這麼久，這個家接納了、支持著手忙腳亂的我們。

今天請師傅來鋪木頭地板。

剛結婚搬進這個家的時候，我們只有彼此。像是兩個人在外面玩著玩著，忽然就決定紮營過夜，「就是這裡了嗎？」「就是這裡了。」一無所有地相愛。

那時候的我們還沒有舉辦婚宴，孩子還在我的肚子裡。因爲知道婚禮和月子中心是不小的花費，我們不敢花太多的錢裝潢。放棄了想要很久的貓腳浴缸和開放式廚房，放棄了 Walk-in Closet 和木頭地板。兩個人在冬天裡踩在冰涼的地磚上發抖，把家裡唯一一台的電暖氣搬來挪去。

在借來的麻將桌旁邊吃飯，騎著摩托車去買倒店特賣的椅子，一張只要一百塊。朋友來到家裡，笑嘻嘻地站著喝酒，因爲客廳裡面只有一張沙發。

然後有一天，我捧著肚子躺在床上，感覺到孩子蠢蠢欲動。我們慌慌張張地趕去醫院，被護士打了回票。撲了一場空以後到家，我看著手機計算收縮頻率，直到已經扶著牆壁走不動，蹲在牆邊深深吐氣：「我想我快要生了。」他像是終於收到了命令，可以發動攻擊的士兵，衝下樓去攔計程車。「妳等下就走到巷口找我！」「你瘋了嗎？我走不動了！」

再回到家裡，已經是一個月以後。推開了家門，這個家還是這麼零零落落，像是少了好幾片的拼圖，可是我的懷裡多了一個孩子，孩子的爸爸提著好幾袋朋友送的尿布。「呼！」孩子要跟我們一起在這間屋子裡面生活了，從此以後三人份的生活。

孩子在這間屋子裡洗的第一次澡，脫掉尿布就尿在他爸身上。第一次在他的床上醒來，大哭大叫。深夜的萬家燈火裡面有一戶人家，整間屋子都是暗的，就只有一個房間的燈關了又開、亮了又暗，我們就像所有的新手爸媽，對著那個小小人束手無策。「他又餓了嗎？」孩子的爸爸把他抱來我的胸前。「他吸飽了嗎？」「妳睡著了喔？」

有好長好長一段時間，臥室就等於我們的家，一家人都在那個房間裡面生活。嬰兒房裡還有搬家的紙箱，我們也沒有時間和力氣走進書房，客廳和餐桌前面空無一人。

然後他長大了，睡回去自己的房間。我們拔出擠奶器的插頭、把奶瓶消毒器放進儲藏室、送出副食品的分裝盒。終於各自回到電腦前面，廚房裡面有了菜飯香，朋友走進了客廳和餐廳。有時候我會想起，那個每天晚上都放著兒歌旋律的房間。他躺在嬰兒搖椅上恍恍惚惚睡著，我們屁滾尿流地去撿他掉在地上的奶嘴，為他蓋好被踢開的棉被。

三年了，這個家的拼圖已經一塊接著一塊組好。我們有了一些家具，以及一個成天在闖禍搗蛋的孩子。那個荒涼到讓我和他躺在床上一直說話，好像只有我們在荒島上面一樣的家，已經每天吵鬧到像是沸騰的湯汁溢出來的鍋子，好滿。

我謝謝這個家，謝謝它愛護我們，一路上的幫忙。

革命情感

「和妳結婚後我懂了很多事，洗手台上並排著的牙刷、被窩中碰到的腳、不知何時從冰箱中消失的布丁、先下樓梯和在妳的後面上樓梯。戀愛總有一天會變成生活，生活則會成為喜悅。」——結夏&光生，《最高的離婚》

「如果有一天，我們之間沒有激情了，還會有什麼呢？」

「妳還有我。」「我會一直照顧妳。」

那時候我們都沒有想到，會和眼前的這個人結婚。

現在的很多時刻，我會在無事可做的空檔，可能只是等著要炸的豬排反潮，或者看著烤箱裡面的食物成色，想起我們多麼不可思議，於是在廚房對著在書房的你說：「欸，你記得嗎？四年前的現在，我們還說過要分手。」「我們那時候應該沒有想過，一年以後就結婚還有了孩子。你不會覺得很難以想像嗎？」

你看著眼前的電腦螢幕，假裝有在聽：「嗯，對啊。妳剛剛說什麼？」你這傢伙。

那時候和這時候，也不過四年而已。我們都變了，你從一直在路上，變成了三餐都在問我：「等下要吃什麼？」我從總是羨慕別的女生可以任性、不用害怕對方會忽然嫌棄自己，成了想說什麼就說什麼的人。然後我會想，我們是怎麼走在一起的。

認識你的時候，我其實沒有想過你會適合我。你比我年輕五歲，我在你那樣的年紀還不知道要怎麼去照顧人，沒有想過你可以珍惜我。我只是用我的求生本能和你相處——從來不和你說「以後」，因為過去幾次看起來很有未來的戀愛，忽然愛到一半就愛不下去了，還好好的就有人說不要了。

我渾身是傷，裡裡外外都是被碰到就會使我尖叫的傷口。你做錯了任何事情，都會讓我不要了。你越是對我好，我越害怕我會習慣。

有一段時間，我會傷心地看著你，我覺得你好倒楣，遇到的是我最不好的時候。可是我倒楣慣了啊，我試著習慣了啊。你不要喜歡我了好不好？我害怕你有一天變成我，被傷害過就不相信愛情。

在我身體裡面的那個小女孩，說好了要翻臉不認人。

然而你給了我愛情也給我時間，等我長出了愛人的能力，慢慢放心地被愛。在一個接一個階段裡面，得知了我們都一樣：曾經對人性失望過，手足無措和垮掉崩潰過。沒有想過要害人，在聽到難聽的話的時候不知如何是好。對你的情感沒有璀璨或者浪漫，而就是「終於啊，好不容易啊」，一起走過的日子，歷歷在目並且刻骨銘心，一次又一次飆出眼淚的革命情感。比你更早醒來的時候，看著你未經世事的臉，都會想著你接受了那樣破損的我，我也就捨命奉陪到底。

P1
BEBE PLIABLE

你很好

我知道，我很麻煩。

我的個性很急，容易不耐煩。我喜歡喝酒，喝醉就鬧你。管不住可是規矩很多，不太聽話又有點機車。

我知道，你也知道。

你知道你不會有一個乖巧的女朋友、溫柔的另一半。很謝謝你沒有要我像誰，沒有拿我跟誰比；你讓我還是我，只是多出了妻子和母親的身分。

最想跟你說的大概不是「我愛你」，而是「還好是你啊」。

昨天一起接受一個採訪，記者問了我們一個問題：「你們覺得對方的優點是什麼？」

我愣了一下，因為好久沒想過這件事情；也才發現，我竟然慢慢忘記了你的好。結婚的第一年，我還會在醒來的時候看著你，謝謝你沒有在我受傷的時候見死不救，沒有失望地說著：「原來妳沒有看起來那麼有趣。」最後，你讓我表裡如一，我跟我看起來一樣快樂。

也會謝謝你讓我知道了幸福就是重複。可以每天看到你，不會明天就不一樣了。可以想見幾天以後的我們還是一樣，出門了還是會回家。你到家的時候會說：「我回來了。」我從廚房探出頭：「回來啦？要吃飯了嗎？」我們的孩子在安全柵欄前面蹦蹦跳跳，伸直了雙手討抱：「爸爸！爸爸！」你們玩在一起，我在廚房聽到你們大笑，那聲音好好聽，是一個家的聲音。

什麼都一樣，什麼都一起。越來越多共同的朋友，越來越多共同的過去。吵一樣的事情，笑一樣的笑話。快樂兩人份，傷心兩人份。

然而，我看得出來孩子長大了，卻看不出來愛情老了。

因爲記性變得不好了。忘記有多少個晚上，我裝作沒事地走出某個人的家，覺得這座城市無比荒涼，走到哪裡都遇不到愛我的人，沮喪地想著可不可以有個人，不是喜歡我的身體和腦袋，就是喜歡我而已？我不喜歡高來高去，不喜歡什麼「認眞就輸了」，所以我就不値得被愛嗎？我就活該生了一副很軟的心腸嗎？我到底哪裡對不起愛情了啊！

忘記了遇到的時候，我像是被棄養的家貓流落街頭，害怕被愛，因爲害怕習慣被愛。後來有多少次，你不用對我這麼好的、不用一直讓我的、甚至不應該溺愛我的，可是你還是做了。忘記了生完孩子以後，我躺在醫院的病床上痛到無法翻身，你扶著全身汗臭味的我坐起身，端著臉盆讓我刷牙，我呆呆地看著吐在臉盆裡面的血水，我沒有那麼狼狽落魄過。

你為我換衛生棉、為我擦澡、為我倒掉尿。

我忘記了曾經對你感激不盡。

現在的我堅強了也驕縱了，安全了也粗心了。我更常看到和找出的，是你的缺點。唸著你不洗衣服不倒垃圾，出門前才交代過的。「我忘了。」「你根本沒放在心上！」

是我忘記了，我忘記了把你放在心上。
我過得太好了，我被你寵壞了。

後來我對記者說，我喜歡你的自信。你不會害怕我比他更強，你很樂見其成。你接著說，你喜歡我會和你溝通，我不是一直堅持己見的人。

第一次對著外人說對方的好話，多少有點不自在。聽到你發自內心地說起我，有點訝異又有點開心。我們多久沒有讚美彼此了啊？多久沒有讓對方知道：其實，我很高興和你結婚了。在我亂七八糟的人生裡，總算做出一個漂亮的決定，而且很有可能，是我做過的最好的決定。你讓我對自己很得意，「還不錯嘛！最後還是沒有搞砸啊。」

我沒有告訴你：你是一個比你以爲更好的人，你不知道的原因，是那些好都用在我的身上，都在我這裡了。

深夜裡我的小腿抽筋，我慘叫了一聲，你閉著眼睛替我按摩。天亮了你起床了，看到我踢了一地的被子，嘆口氣爲我蓋好棉被。我感冒發燒躺在床上，你摸著我的額頭喃喃自語地說：「就叫妳不要這麼好強了，妳有想過我沒有了妳會怎麼辦嗎……」

你手忙腳亂地照顧孩子，小小聲地說：「媽媽不舒服，不要吵她。」撥了一通電話出去：「我老婆感冒了，我們可不可以改天再約？我要照顧她。」

你很善良溫暖，溫柔裡面有著正直。你讓我放心成爲和你一樣的人，我想要向你看齊。

走出受訪的地方，我和你站在一個很大的路口等紅綠燈。綠燈亮了，你牽起我的手往前走，和你第一次牽我的手一樣理所當然。

要一直記得啊，好愛好愛過，好怕好怕失去過。因爲，好不容易找到對方啊。

如果有一天

很年輕的時候，不知道怎麼去愛人，倒是很有傷人的本事。想要愛，想要很多的愛，以為把自己累壞了才是愛。容易戀愛也容易分手。我寫過很多愛情，快要得到了、就要失去了，可是我寫不出來，好好地去愛著的感覺。日復一日和一個人相愛著啊，每天一起生活啊。因為我沒有過。

和你戀愛結婚以後，我可以感受得到自己的不同，好像是看著自己抽長的身高，我也長出愛人的能力了，那種感覺真實無比，令我放心。愛一個人原來是這樣啊，在時光裡面安然地相愛，抱持著溫柔的心意。情意如此深長，如此安靜。

如果有一天，你不想和我在一起了，想要一個人去旅行和生活；你不要怕我知道，以爲我會爲難你。

前幾天的一則新聞沸沸揚揚，女生在結婚多年以後出櫃，她深愛她的男人的靈魂可是無法喜愛他的身體。我想起我聽說過的幾對夫妻，在婚姻裡面慢慢認清自己，承認了不適合家庭，孩子大了以後就去過自己想要的人生。

我也想起了你，原本不想結婚的你，會不會有一天苦笑地跟我說，已經無法每天見到我，你快要認不得自己了？那麼，我會怎樣呢？

我是在一個我們都在書房裡面工作的晚上，看著那則新聞想著這件事的。這個家還很新，鐵門上還貼著紅色的「囍」字。我們度過了幾個颱風夜和幾個吵架的晚上，以及搬進來的第三個冬天。可是總有一天，這個家會變老，會有越來越多東西被換掉：先是從幾顆燈泡開始，再來是可以預期的——嬰兒床換成了單人床、收起了餐桌前的那一把兒童餐椅。

接下來會是什麼？是那張快被孩子跳壞的沙發，還是被他拆了好幾根螺絲的電扇？是從上一個房客接收過來的洗衣機，還是那臺大燈已經不會亮的摩托車？

還是我們？我們會換掉對方嗎？會直接丟掉還是用來換取另一個人？

如果有那一天。

我會很認眞地告訴你，我很難過也很捨不得，可是我不會擔心從此以後的自己，我知道我會沒事的；我不是因爲好強才這樣說，我跟你有什麼好客氣的呢？你都見過我最丟臉的樣子了。我也不是因爲看開了什麼、習慣了什麼，我不是無動於衷的那塊料。

我會好好活下來的原因，是因爲我被你愛得很好，被你愛得很堅強。從我們認識的一開始，你就不是在跟我戀愛。無非是想要對我好，無非是善意和心疼。你要我跟著你，「來，妳試一次看看，試一次去愛的時候不會害怕。就像我這樣，很好啊，妳做得很好啊。」我愣愣地看著自己：「可以嗎？我可以的嗎？」

孩子來了以後的我們疲倦狼狽、哭笑不得，現實來了以後的我們吵吵鬧鬧、灰心洩氣，是什麼讓我們可以走下去？是因爲愛情沿著生活的支流，點點滴滴地流向生活的每個角落。流向我看書睡著的時候，你摘掉我臉上的眼鏡，爲我蓋好棉被；流向我工作到早上，醒來發現你已經帶著孩子出門，讓我好好休息；流向我捨不得花錢買東西給自己，你看在眼裡，訂好了送給我。我才知道你不只是和我一起生活，你是對我好。

所以我總算可以很有自信地說，我會愛人了。一直以來只會敗在愛情手上、每次都摔到讓人慘不忍睹的我，也會愛人了。我不再只在乎自己有多不好受，我想知道你跟我在一起的時候快不快樂；我不會只想著你不愛我了，我會願意爲了讓你快樂而做出一些別人認爲很偉大的事，可是我知道那是因爲你，我才有的愛的能力。

原來，這就是愛一個人啊。
我願意在一切還沒損壞的時候讓你離開，我不要你以爲你半途而廢，不要你看不起自己。
我們做人要有情有義。

然後我會對你說，我們打過這麼美好的一仗啊，做到了以爲自己做不到的事——結婚、搬家、生了孩子；帶著孩子去旅行，去那些以前一個人去的地方。
不是你的話，我根本就無法經歷這一切。

可是，如果你最後發現，我不過就是你的經過，你不要對自己失望，我知道你不想這樣的。
我希望你經過我以後，可以到一個很棒的地方。也希望到了那個時候，有人不會讓你寂寞。
因爲，你是這麼好的一個人啊。

婚姻這件事

轟轟烈烈都會過去，「不能沒有你」的念頭也會動搖。
婚姻靠的不是愛情，情意太容易鬆動了。婚姻靠的是有共識的兩個人。

和他生活在一起以後，我很慶幸過去的自己那麼多慮，不願意半信半疑地結婚，才可以總算等到了他。跌跌撞撞走了一大段路，還是走到了他的面前。

不是因為他很愛我。生活不會總是芬芳，日子不會總是甜蜜；我們的愛情就像所有婚姻裡面的愛情，沒有那麼強烈了。過去那個不顧一切來找我的大男生，已經有了超市裡面所有已婚男人的表情，無精打采地跟在妻子的身後；以前說我很聰明又漂亮，很怕會失去我的他，開始有點漫不經心，丟三落四我說過的話。我很少撒嬌了，很少有小女生的表情。也不太有趣了，不會陪著他一起瘋狂。

彼此生命裡的男女主角，在戀愛的時候都像是被打上了光，光鮮亮麗的愛情。婚後就一起走向了後台，不會再說情話的台詞，不會過著電影場景的日常。

我沒有大失所望，以爲熱烈愛過的兩個人，原來也不過如此，還是會被時間打敗。我在很早以前就不天眞，知道兩個人天天見面，最先磨掉的是熱情和耐心。我沒有想過要一場盛大的婚禮，因爲結婚最重要的是婚姻。婚禮的那天，很可能是婚姻裡面唯一浪漫的一天。

可是，就算是這樣想，我還是發現了，原來再怎麼適合的兩個人，還是得在婚姻裡面忍耐彼此。因爲，過去各自的家庭爲我們擋下的、接手的，像是俄羅斯方塊一一掉到我們身上，那些家事和家用、俗氣的可是實用的，都回來了我們這裡。兩個以前只會風花雪月、自得其樂，沒有庸庸碌碌過的人，忽然接下一個百廢待舉的家、一個依賴我們活下來的孩子。

我們就像所有的新手爸媽，找不出孩子哭泣的原因，不知道要怎麼討好他。我們睡得很淺很短，臉上有了抹不掉的疲倦，像是敷著一張撕不下來的「倦容」面膜。「生活」接著在我們眼前失速，各種打滑，水槽裡面有洗不完的奶瓶、洗衣袋裡面的衣服滿出來了，尿布散落在浴室、餐桌上、嬰兒床邊。孩子睡著以後，他走去了書房寫稿，我還在收拾殘局。我沒有心情工作，「家」成了我的正職。我受不了一個髒亂的家。

我開始不滿：「你以為只有你有夢想嗎？你是要我做家庭主婦來成全你的夢想嗎？」

他沒有跟我吵，他幾乎不會跟我吵。總是先讓我說完，然後說：「對不起，老婆辛苦了。」

而那不是我依然堅定的原因。婚姻和戀愛最大的不同，是所有的問題都不是想像和自憐，它們具體而且民生。不是哄哄就沒事了，不是驚喜和浪漫就好了。沒有得到答案的問題，會密布在生活裡面，一再打斷我們去愛。我沒有心灰意冷，甚至覺得還好是和他生活在一起，因爲他不會輕視我的情緒。他知道我在忍受，「不滿」是空氣裡面的水氣，逼不得已了就是傾盆大雨。他知道我在害怕，即將失去一直以來的自己。

愛很簡單，因爲著想更難。我漸漸地發現，是我對自己的要求太高，不能全力以赴地打理家裡或寫稿工作令我沮喪和焦慮。可是他其實從來沒有要我有一個母親、媳婦和妻子的樣子，總是支持和鼓勵我去做想做的事情。我可以寫到天亮才睡，然後睡到中午，因爲他會一個人帶孩子，要孩子不要來吵我。我可以在家裡喝酒，和朋友出去旅行，因爲他想要我沒有失去「我」。我只是多出了「媽媽」的身分，而這個身分不是以其他身分換來。我沒有失去朋友和夢想，我還是認得出自己。

我很慚愧，我比他世故可是沒有他懂事。他沒有我仔細，是因爲他不像我很會計較。他就是愛護著我，以一種寬大的溫柔。我想他在教我愛，教我慢慢去發現，對一個人好不會怎麼樣的，他就很習慣對我好。教我在愛裡面的時候，不要急著保護自己。所謂的付出，不是嚷嚷著不能沒有你，只給自己想給的；而是給對方需要的。

囍

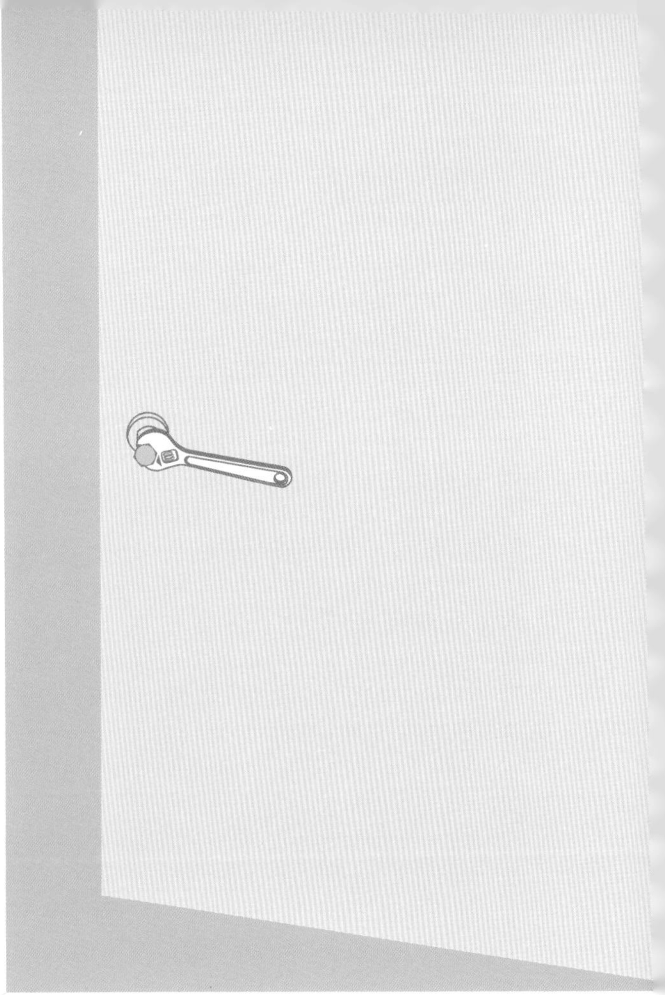

PART 2

寫給以前的自己

謝謝妳弄丟了自己，
還是不死心地去找回來。

前男友

有一天我知道了，有一種不客氣的安排：不會因為我無法想像你不在，我失去你就會潦倒，然後讓我們一直在一起。

有很長的一段時間，我會想起那段要好的日子，想起來會傻笑、會傷心、會覺得：「如果那時候不是這樣就好了。」

終於，我再也不會可惜了。因為我看出了一件事，我們不會完全相愛的原因。一份感情裡面，不可以兩個人都太聰明，兩個人都愛護保重自己。兩個驕傲的人遇到了，會出事的。

我

幾乎不寫信了。

我寫過那麼大量的信給你，不過是我們之間的其中之一。

那時候的我們哪來那麼多的話可以說？我不得不被自己嚇到。我一直以為我容易詞窮怕生，以致於我會表現出過分的熱情，就怕笑聲在我這裡打住。我很少一個人赴約、很少用電話聊天，任何一對一的場面都讓我緊張。

可是和你有說不完的話，我以為那是我喜愛你的原因：你讓我幽默而且聰明。我可以接住你說的每一句話，以一種你沒想過的方式回你；我沒有見過自己這個樣子，幾乎是在玩弄文字遊戲。我們隨時傳訊給對方，走到哪裡傳到哪裡。你不在的現場都有了你，有了你以後我就目中無人，看著別人說話的嘴型想著你說的笑話，然後失禮地笑了。在外面跑了一天回到公司，坐回電腦前就上線找對方，「你在幹嘛？」「想妳啊。」一整天的目標已經到達。

可是除了這些以外，我已經不記得和你說了什麼。離開你越來越久，我就越來越錯愕。我竟然辦到了，竟然可以想不起了。我以自己為榮又感到可恥，像是對不起過去的自己：她那樣喜歡你，就要無計可施；我竟然愛上了別人。可以不把你當一回事以後，幸災樂禍地看到你大勢已去，你也有這一天啊，總不會每次都是你贏，我讓你的而已；可是還是覺得失去，像是丟錯了一件還要的物品。這麼多年下來，我沿路落東落西，落掉了對我很好的男人，落掉了對我失望的朋友，最後把我和你的那段都落掉了。我怎麼這麼能丟呢？我會不會和你一樣善於遺棄？我是不是跟你學壞了？最會毀棄愛情。

然而這樣是好的。因爲幾乎不寫信的多年以後，我也就幾乎不傷心了。那幾年和你的時好時壞，讓我很沮喪，因爲一直修不好自己。和他在一起以後，我可以是個不聰明的女人，不用想得太多，不用再去找一個解釋。愛情在我的生活裡從幕前走向幕後，我有了規律的情緒和反應，成爲一個溫和柔軟的人。

你走到了我面前，我一直跟不上你。我有時候會想，你到底給了我什麼？讓我幾乎喪心病狂。事隔多年以後，我想你是要我有自知之明。無論我看起來多麼驕傲，精於華麗的言語，我還是誤會自己了。我仍然是過於簡單的人，談不起虛有其表或者名存實亡的戀愛。我們的愛情底子不一樣，不能在一起。

那個不好的他

女人最離不開的，是多情的好人。
他除了不愛妳以外，都對妳很好。

那時候的我們喜歡一個不好的他。

不喜歡他就好了，他就可以是個好人了。他笑起來的樣子多無害，從來不會說出難聽的話；他有一種天生的友善，樂意對所有人都好，見到他就會快樂；他的友情裡面有義氣，有人受苦了，他會看不下去。有人在愛情裡面走失了，他去帶他從原路回來。

可是他的身體有缺陷，他沒有心。好好的一個人就是沒有心。
我們犯了大忌，讓他現出原形。他是多情的好人。
他有太多女生朋友，在一起過的、睡在一起過的。對方把他從臉書刪除又加入的、看著他和其他人合照就紅了眼睛酸了鼻子的。他像是坐不住的孩子，總是從這個女人流連到下個女人。偏偏不是玩玩而已，他都是喜歡的。欣賞她的聰明才華，笑笑地說著：「誰拿妳有辦法？」捨不得妳的溫柔善良，看著妳就有心疼的表情。

他像是拿了一手好牌，一直不知道要丟掉哪一張。懊惱無奈地說著：「不能全都要嗎？」

不能。因爲愛情是捷運的雙人座，一次只坐得下兩個人。其他人就只能站著，看著他身邊的那個位置。坐在那個位子上的，是他分不了手的女朋友。

那個時候的我們都站了好久。因為來不及了，在知道不能喜歡他以前就喜歡他了。我們的手好瘦、腿好麻，還是捨不得走開。想著至少這樣還能看到他，說不定他看著我們，看著看著就會愛上了；就會知道我們說「我好喜歡你」是說真的了。朋友看不下去，想要拉我們走，我們搖著頭說：「不可以啊，要是他找不到我怎麼辦呢？我捨不得不要他啊。」快要不行的時候，我們踉踉蹌蹌，他又會來扶一把，讓我們留下。

「妳在幹嘛啊？」他傳來了訊息，忽然記得他愛過。

她沒有讓座的意思，他沒有起身的理由。過了三十歲的那一站，有人站著站著就下車了，從此以後走路有風，不再身不由己；有人坐到了另外一個人的身旁，才知道愛情怎麼會是自由座呢？我們都有各自的位子。很多很多年以後的一個晚上，我們可能哄睡了孩子，可能洗完碗抹乾了手，坐在電腦前面看到他的消息，他終於還是給了她一場婚禮。恍恍然想起一支音樂錄影帶，一個散場以後的畫面：「小孩在問她爲什麼流淚？身邊的男人早已漸漸入睡。」

「過去」有了動靜，它只是睡著的火山。好久沒有夢見那個不好的他，醒來以後忽然感到悲傷。想起那些傷心和努力，沒有帶著快樂到結局。好久好久以前，有一個人太喜歡另一個人，最後沒有在一起。

他沒有做錯任何事情，他只是離開我們的愛情，留下了我而已。

SOLO
SOLO
SOMOS
LIBRES

食物裡的愛情

很久很久以後，我聽到他和別人說起我，提到了我愛過他。到了最後，他還是不知道，去愛的那個人，才可以驕傲。

當妳一直以爲自己很聰明，妳就會喜歡一個比妳更聰明的人。

那時候的我們都在國外念書，他就像一個到達不了的地方。他好看而且無所謂自己的好看，笑得很隨便。他隨口說說都是我沒有聽過的事情，用他的聰明打發世界。我忽然很沒有用，沒有見過世面。

他戳著我的酒窩，托起我的下巴。他大手大腳地走在前面，右手往後攤開了手掌，我看到了自己的婚姻線，趕快跟上去牽住他。我皮了二十幾年，因爲他變得很乖；我最聽他的話。

我們談了戀愛，我們有偶爾的快樂，來自於他有時候對我好，有時候會在乎我。我太年輕了，以爲喜歡一個人就是會受苦，自己就值得這點好意。他又太會傷人了，罵人的時候每一個字都帶刺。沒有意氣用事的憤怒就是殘忍。報復我愛他。

我看不出來自己很少笑，沒有想過自己不敢哭，一直到有一天知道不對了。

一個普通的傍晚，我在準備他到家要吃的晚餐，忽然打翻了醬油。第一個反應是轉頭看他在不在客廳，有沒有看到我闖禍了；想到他還沒到家，我緊張地看著時鐘，發抖著擦著地板。

吃完飯以後，我收拾著碗盤。想起他在午休的時候打電話過來：「妳不要裝了，妳何必呢？妳不知道要怎麼和別人在一起，妳少帶了一道菜妳知道嗎？」

怎麼會這樣呢？我怎麼會把自己愛得這麼恭敬？

後來我們分手了，我回到台灣。我還是經常想他，他在我心裡層出不窮。想著我們的那些被打薄的快樂，總也還是快樂；想著大概再也不會那樣喜歡一個人，喜歡到了手無寸鐵。那些知道我們的人會說：「你們最後還是會在一起的。」因為我說起他的時候，都只有好話。

我也以為總有一天，我們再見面的時候就可以好好相愛。我們會被時間磨好，我會更銳利，他則會溫潤。到了那個時候，我就可以對他好了。可是我始終不敢見他，幾次去西岸出差的時候，他看到我的MSN狀態就會傳訊問我：「妳要不要來紐約？」直到他寫信告訴我，他打電話到飯店的時候，發現我已經退房……他要我盡量打給他啊，他一個人在華爾街吃到好多苦頭……妳過來吧？妳過來啊……

他最後搬回台灣，我們約在一間居酒屋見面，好好看著對方。我想我眞的知道我那樣愛過，隨時可以再愛他一次。可是我不想要不像自己了，一次已經很足夠，一次幸福的機會。我想跟不快樂的自己脫離關係。我見過愛情一面，它也還認得出我，某年某月的某一天，就像一張破碎的臉、一個敞開的傷口。我們說夠了再見。

像現在這樣，有人照著三餐問我：「等下要吃什麼啊？」吃完以後就大驚小怪：「也太好吃了吧！才女也會做菜！」然後要還不會說話的孩子跟著他一起吶喊：「媽媽爲了我們做牛做馬！」

原來我捨不得的，是願意爲了我傻呼呼的人。

Fusilli 160
Panna
STAR
Classico
DESPAR
Cappelletti
prosciutto crudo

SPRING VODKA

當媽媽以前

很久不見的朋友，見面的時候總是會說：「妳看起來不一樣了。」我知道那是什麼，是我的表情放鬆了。我已經不用保護自己。

不過是幾年以前，妳很難想像再過不了多久，妳會是一個媽媽，妳會很少傷心。

因為，有很長一段時間、一個接著一個時期，妳好不容易快樂了，就會因為「快樂過」痛苦。妳可能在下班的時候，人還好好的，直到去了一個他到過的地方，那時候他還很喜歡妳；去了一個他沒去過的地方，那時候他會打電話問妳在哪裡？他還沒有忘記你們要好好在一起。妳忽然慌了，任何地方都裝不下妳。像是快要出事的那個晚上，妳在這座城市待不下去。急著叫計程車回家，快要哭了就要好好哭一場。好幾個晚上，妳的房間溼氣很重，都是妳的眼淚。

愛情讓妳累壞了，像是大病一場；好好照顧自己以後，內在還是憔悴了，只是住在年輕的身體裡面。妳又出現在人多的場合，可是不會再等不及說話，等不及第一個笑場；妳花很多時間在看人，在捷運車廂看著站著的情侶，搖搖晃晃了還是要牽著對方的手；在咖啡店看著一群話多的小女生，很吵地說著：「他就喜歡妳呀！」笑聲像是爆開的爆米花；有的時候也會在深夜的路邊，看到一男一女站在摩托車旁邊，兩個人都不說話，「你都不哄我！」

這麼快嗎？妳這麼快就老了？妳是去了什麼地方，去了多久啊，不是才一下子嗎？怎麼回來就老了？被愛情排擠。

這就是妳去愛了的下場。

於是妳不再去想了，年輕時候以爲慢慢來、總會有那一天的。可惜妳沒有一個女人可能會有的資格——相愛、結婚、生子；妳不會過著家常瑣碎的生活，妳沒有放心俗氣的條件。邋遢是美好的、囉唆是簡單的，那代表了一個女人活得很有安全感，不像妳很有戒心。妳羨慕會抱怨的女人，她們說得出來委屈。妳甚至以爲，那是一種不經意的得意。想起萬金油寫過的一句話：

「被愛與否決定了階級。」

妳連抱怨的資格都沒有，是妳要去愛的，是妳要爲了愛情說好話，它給了妳一記耳光。

於是遇到他的時候，妳沒有想到就是他了，妳已經遇到妳以後的先生和孩子的爸爸。因爲他看起來和那些追妳的男人很像，很快就會喜歡妳，對妳說很多好聽的話；妳在心裡面苦笑，妳最有辦法了，妳最會的就是讓喜歡妳的男人不想和妳在一起，最拿手的是讓他們對妳大失所望，妳比妳看起來的還要麻煩和絕望。

可是他沒有。就從吻妳的那天起，他就理所當然地和妳在一起；妳看著他順手牽著妳走在路上，妳有多久沒有這麼光明正大的關係？想起那幾個晚上，妳離開了一個人的床，自己叫計程車回家。妳問都不敢問對方，在你們之間的到底是什麼？還要這樣下去多久？

也就從在一起的那天起，他像是鬆了一口氣，以後可以沒有保留地善待妳。他對妳的好從來不是討好，而是想要照顧。他沒有喜歡全部的妳，可是他接受一切的妳。過了三十歲以後，每個人都是瑕疵品，都有大大小小的裂口；妳一接近了愛情，那些裂口就開始齜牙咧嘴。還好是他，是他陪著妳。

原來可以這樣，原來愛一個人的時候不會受傷。

快要結婚的那天，妳聽到了一首歌，在大庭廣眾下又哭又笑，像個傻呼呼的小女孩。

「曾經我也痛過我也恨過、怨過放棄過，在自己的房間裡覺得幸福遺棄我……妳會的，有一天，會幸福的。」

妳終於幸福了。

那時候的妳

妳想知道自己哪裡不好，總是遇到半途而廢的人。
而我想告訴妳，這些安排都是為了妳好，因為知道妳還沒辦法主動離開一段不快樂的愛情。
（要到了很後來，妳才會得知一件事情：和一個不愛自己的人在一起，要比離開一個不愛妳的人更難受也更被連累。）

有時候，我會想起那個沮喪的妳。

那時的妳還很年輕，以爲愛情和妳一樣簡單。好不容易喜歡一個人，他就會是自己人。妳把他想得和妳一樣：說了喜歡就是要去愛了，很難說不要就不要；笑容交給了他、日記遞給了他，「想念」和「以後」都在他那裡了。妳不是沒有受過傷，快要習慣有他的時候，也會擔心自己的慣性太強，有一天要是不能習慣了該怎麼辦？「傷害」忽然跑來找妳，很小聲地在妳耳邊說：「妳忘了我嗎？」

可是來不及了，妳已經喜歡他了。妳以為，喜不喜歡從來不是選擇題，那不是妳可以選擇的事情。

就妳不合時宜，就妳沒有見過世面。在妳不知情的時候，所有人都說好了：喜歡一個人不代表想要在一起，接吻了不代表快要在一起，睡過了不代表已經在一起。

不代表妳找得到他，不代表他會打電話給妳，不代表隔天、生日、週末，妳不會一個人過。

不代表愛情。

那個先說喜歡妳的男人，要妳的身體不要妳的心，要妳好好喜歡他就好，你們不會在一起。妳訝異地看著他，他怎麼會說出這種話？他說得好流利，妳聽得好吃力。聽不懂爲什麼喜歡不能在一起？「還沒有準備好」的意思是什麼？要準備什麼呢？聽不懂爲什麼他說妳很特別，所以不可以傷害妳？他又知道會傷害到妳了？他憑什麼替妳做決定啊？喜歡一個人就是願意爲了對方受傷，「冒著流淚的風險。」他懂不懂啊？

妳以爲他是例外，最後發現自己才是例外。後來喜歡妳的男人，都是喜歡妳的條件而已。失望了幾次以後，妳已經沒有太多表情。妳甚至覺得自己好有才華，最會的就是讓人捨得失去妳。

我都記得的，那幾個很涼很深的晚上，妳若無其事說了再見以後，還沒有辦法太快回家。因爲妳看起來很糟，不能讓妳的爸媽看到。妳想起很久以前愛過妳的那個人，不知道他過得好不好？原來他對妳那麼好。想起那幾個很會虧妳的朋友，他們應該沒有想到妳在流落街頭，還以爲妳在另外一張床上睡得很好。

距離上一次戀愛多久了？多久沒有當一個人的女朋友了？妳坐在公園的長椅上哭了起來，沒有人告訴過妳，不被愛的晚上會一片荒涼。

然後，妳寫了妳的第一本書。

有時候，我會想起那個傷心的妳。

那一年的妳過得很不好，妳的男朋友騙了妳也騙了她，用著妳借他的錢帶她去旅行，然後她寫信要妳好好愛自己。最後他意猶未盡，要所有人以爲是妳在說謊，是妳失去他就想毀掉他。

「不然出來對質啊！」他到處放話。妳對著不知如何是好的朋友搖了搖頭，錢不要了人也不要了，妳不能再這樣下去。因爲，妳不想再收到滿滿是髒話的簡訊和語音留言，妳想要完全沒有他的消息。再不走就來不及了，妳就會變得跟他一樣惡毒，妳就會跟著壞掉。

從此以後知道，不會哭訴的人不是因爲心虛，而是因爲太痛。親眼見到一個人的崩壞。

三十歲以後的失戀是一場重病。妳以爲自己完了、或者快要不行了，這一次的傷心和以前不一樣，妳從來沒有這樣過。精神狀況空空的、生理機能虛虛的。醒來的時候不知道自己怎麼還活著，不知道自己有沒有睡。分不清楚夢境和現實，有沒有說出不該說的話？全世界都在搖晃，都在搖著妳的肩膀，搖到妳想吐。胸腔很脹，像是有一大塊瘀血，壓得妳喘不過氣。月經再也不來，子宮成了樣品屋，沒有人會住進去。

還以爲自己在說笑話，怎麼說一說就哭了。剛剛說了什麼？怎麼想不起來了。還以爲自己好了沒事了，怎麼看到沒見過的人就會發抖？躲進一個角落或者一個邊桌，這個世界不要再逼妳再碰妳了。

最怕回家，最怕坐在自己的床上。很愛笑的妳被起底，負面情緒都被掀了出來。妳痛恨他要這樣對付妳，以他前所未有的仔細，他太講究了。妳想要罵醒那個女人，「難道妳想和我一樣的下場嗎？妳沒有想過，我一點都不可惜失去他嗎？」妳躲在棉被裡痛哭失聲，哭得很慘烈。爲什麼還有人要妳趕快走出來？妳不是已經很努力了嗎？妳看著他們不以爲然的表情，很努力地不說：「你們瘋了嗎？你們看看他對我做了什麼。」「你們以爲我沒有愛過嗎？我怎麼會不知道愛了就準備受傷？」

「去你的嘻嘻哈哈的友情，你懂個屁。」

妳被診斷出有憂鬱症，恍惚地看著醫生：「是嗎？」走出診間以後感到幽默，這個世界太風趣太逗了。

太好笑了，笑到流出眼淚，很會講笑話的妳得了憂鬱症。「妳有病。」那句罵過妳的話一語成讖。

領了一些藥錠，吃一些就會慢很多。時常，在仰躺的時候，眼淚滑到了耳廓，才知道自己在哭。

給那時候的自己

謝謝那個邊走邊哭的妳，
謝謝妳就算這樣了，還是走了下去。

最近的很多時候，臉書動態牆跳出「幾年前的今天」的照片，我會看著不同時期的妳。

照片裡的妳頭髮很長、燙捲了、剪掉了，然後又留了長髮。合照的那些人來來去去，一群接著一群的朋友，有的人後來和妳很久見一次面，有的人再也沒有出現過。而妳都是笑著的，笑出右臉頰的酒窩和上排牙齒，笑得眼睛瞇成了兩條線。站在生日蛋糕前、站在KTV的電視機前面、坐在衝浪板上面……妳總是笑著。

妳習慣先笑出來，笑出來就不會有人問妳過得好不好，可能也不會在妳出事了以後，看著妳走去洗手間的背影，轉頭跟別人說：「她還好嗎？她瘦了好多。」

那時候的妳太好強、太不服輸。妳讓幾個人氣壞了，怪妳怎麼什麼都不說，出了天大的事情，還想要自己來就好，妳到底把朋友當什麼啊？妳要她們有多自責啊？在妳最辛苦的時候，竟然讓妳一個人。想到妳在不為人知的時候低著頭哭，她們快受不了。

妳到底在想什麼啊？

可是，這幾年下來，我越來越喜歡妳。

是因為妳不服氣，自己就值得被這樣對待嗎？妳才會那麼勇敢地離開。

就算離開的時候很痛苦，知道掛掉電話以後，就再也不能打給他；也知道要開始難過了，開始動不動就想哭。

脆弱的時候想過：「也許再試一次，他就會對我好了。」喝多的時候看著手機，不做男女朋友了也還是可以說話吧？然後，妳把手機關機，因爲妳不願意後悔，不願意看到自己又要過得不好。

也是因爲妳太愛面子，才會摔到頭破血流還是站得起來，灰頭土臉地站好了，「沒事的。」妳再站在原地一下，就可以往前走了。原來，妳不要朋友陪妳，是因爲不想讓她們看到妳最難看的樣子，不想看到她們於心不忍的表情。妳要做最努力復健的人，等妳好了以後，就又可以讓大家笑，整個場子都是妳的；又可以保護所有人，趕著去照顧過得不好的人。

妳一廂情願，相信愛情會還妳一個公道。妳吃不了苦，受不了被委屈。

妳笨手笨腳，出不了手傷害別人。妳沒有自知之明，過了三十歲還是不想將就。

「很感激妳那麼倔強，我才會變今天這樣。」

那個哭哭啼啼的小女孩，這個溫柔堅強的我。

謝謝妳弄丟了自己，還是不死心地去找回來，把自己拼了回去。謝謝妳沒有調整妳的體質，就算妳的身上有一種比較容易受傷的缺陷：妳太心軟。謝謝妳愛得那麼丟臉了，愛情一直在整妳，也還是理直氣壯地再去愛。

因爲我，現在過得很好。

我有了一個家、兩個一大一小愛我的男人。我很少一個人哭，再也沒有了失望和寂寞。也還是愛笑的，沒人看著我還是會笑，很容易就笑場。我會在一些時候想起妳，可能是唸童書給孩子聽的下午，陽光灑在我和他的身上，暖洋洋的幸福；可能是難得去以前寫稿的咖啡店開會，看著那個靠牆的位子，好像妳還是一個人坐在那裡。

更多的可能是，站在妳哭著走過的路口，想起那個走投無路、像個笨蛋的妳；沿路都在抹掉眼淚，自己安慰自己。

妳傻傻的，妳真的給得起愛，妳對得起愛情了。

傷害是好的

我終於看出來了，過去的那些傷害，反反覆覆的失去，都是為了我好。是這個世界要我住手，我找了不對的人，不可以愛得太久。我得不到想要的，是因為那不是最好的。有個聰明仁慈的力量，不想讓我一直吃苦。

過得最不好的那年，我被修理得很慘，整個人像是脫水了，乾乾的、枯枯的。醒來就是一直掙扎，活著的本質是復健，做什麼都好辛苦：吃吃喝喝、笑得出來、接得了話，都變得好難。世界在我眼前晃，晃得我頭昏眼花，好像是想把我甩出去。有的時候又會忽然墜落，一切都失速了，我感到想吐。

我沒有那麼慘烈過。沒有人告訴過我，三十幾歲的女人愛錯了，不會只是傷心，還會潦倒。我慘不忍睹，裡裡外外都病了，看起來就是個淘汰品、一隻被棄養的狗、一張被扔在路邊風吹雨打的沙發。

還沒好起來的時候，我做了一個決定：我不會再讓自己委屈，不會爲了愛情就什麼都不要。因爲我明白了一件事：是我自以爲是的心軟和善良，讓我落得這個下場。我早就知道有哪裡不對了，可是偏執地想要以爲每個人都是好人，不想接受他就是個自私的人。也早早發現他不老實了，他說話的疑點太多，可是我不以爲意，他愛著我就好。到了最後大開眼界，原來他可以爲了自己做出多過分的事情。一個不要求自己品質的人，會放著自己低俗下流。謊言不過是他的手段，用來虛張聲勢，用來口不擇言，用來告訴別人我才是不要臉的女人。

他最可憐了，最不知所措了。他琅琅上口，對我吼著用盡生殖器的髒話，對別人娓娓道來自己的委屈。

沒有標準的善良就是軟弱，沒有條件的心軟就是濫情。是我讓他可以對我過分的，是我答應了他對我不好。我再也不要這樣了，他讓我知道了一件事：沒有保護好自己的話，我就會活成一個要死不活的女人。

過去想愛就愛的我，終於很自律了。在現在的他出現以前，遇過幾個欣賞我的人，我會有好感的人。可是，看出對方的軟弱不堪或我行我素，那些體內的問題，我就會好聲好氣地做朋友，然後漸行漸遠。不再自不量力，不會以爲最後都會好轉，我見識到了一個不好的人，可以在不愛一個人的時候有多可怕兇殘，下手有多重，說話有多狠；看過自己活不下去的那副德性，我不想再垂死。

現在的很多時候，我會這樣想：三十二歲的那次慘烈，是要我學會了愛情。是這個世界看不下去，祂出了重手，像是把我的頭壓住要我反省要我認眞：「妳就講不聽啊，再這樣下去啊。好了吧，活該了吧。妳怪誰呢？」

找到對的人的前提，是離開錯的人。我不再害怕失去，然後遇到了他。他沒有被難倒過，因爲他是一個善良正直的人。我很放心地知道，也許有一天他不愛我了，他也不會糟蹋我。

於是，我會這樣以爲，每個安排都是最好的安排。以前的我先愛了再說，這個世界終於讓我頭破血流，要我看仔細了再投入；我會和他有了孩子，是我做好愛情的功課，就可以接下了婚姻的作業。我沒有一天不是在感激著，我被傷害調教好了，任性又敏感的人成了堅強和實際的人，對別人和自己都有利的人。我甚至也不會再在失敗的時候難過，我相信在不久以後，我就會知道失敗的用意。

我終於放心了，原來我被眷顧著。過去以爲的失去，都是在爲了我著想，不要我和錯誤的人在一起。無數次的傷害，是要我成爲一個溫柔的過來人，可以感同身受，不吝伸出援手。

#change
destiny

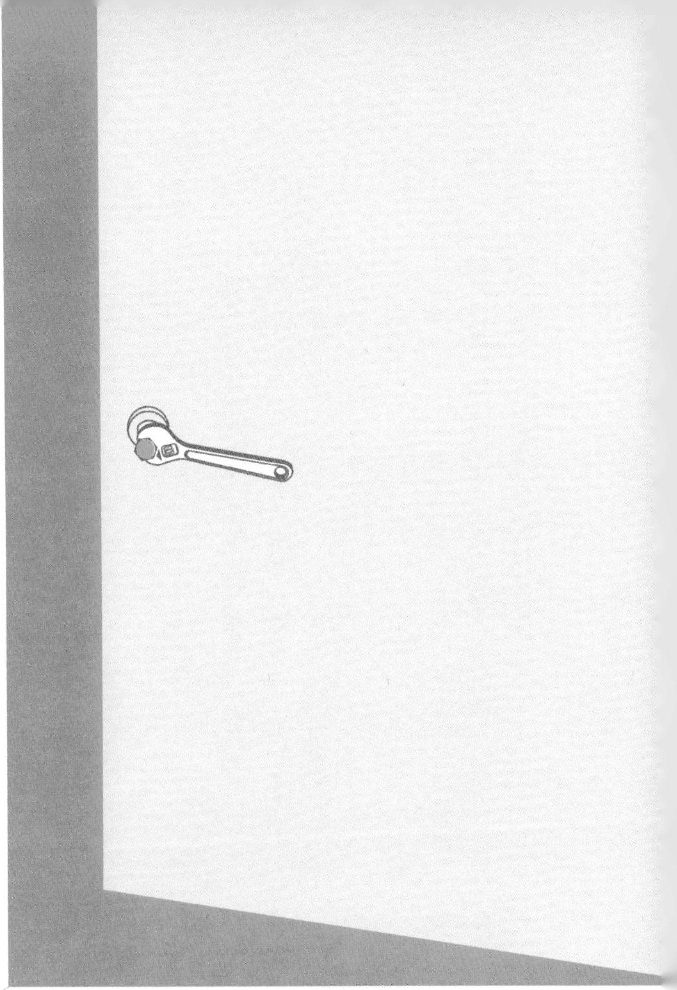

PART 3

我們到家了

愛情沒有那麼豐沛了，
是因為有太多支流，
流向了生活裡面的點點滴滴。

當了媽媽以後

我原本以為，我不喜歡小孩，我不想要小孩。

有了孩子以後才知道，我不喜歡的是「改變」。我害怕任何人帶來的改變，過著不聽使喚的日子。

因為，我花了很多力氣在維持一個像樣的我、不會出事的我。我不知道我招不招架得住，愛一個人的下場。

然而他終究是來了，生活比我想像得更為混亂。

蹲在地上替孩子穿鞋，被他拉扯頭髮；伸出手掌到他嘴邊，接住他嘔出的食物；讓我狼狽無比、落得了這番田地的時候，我不是沒有想過以前的生活。太多的「再也不會」。

再也不會受歡迎、再也不可能不顧一切。這個念頭曾經使我失落。

可是孩子到處闖禍，也闖出了我心裡面的各處孔洞。我成了一塊海綿，到處都可以擠出眼淚。我在看不到他的時候，也知道心裡裝著他。不再想念以前的生活，就是想念他。他已經是日常。

那樣特別的他可以是日常的他，我感到無比幸福。

有的時候，妳會覺得自己一事無成。

一整個白天，妳忙裡忙外。刷完牙趕著去菜市場，因爲太晚去就買不到好的食材。妳走得很快，沿路在借過，趕到老闆已經認得妳的攤子。到家以後，妳趕著做菜洗碗、趕著孩子去洗手吃飯、趕著抓起大了便的孩子去浴室、趕著這個趕著那個。

下午了，孩子睡著了，妳開始收拾殘局。撿他掉在地上的飯粒、找他藏在沙發底下的玩具，拎起洗衣袋把衣服丟進洗衣機。然後，想要好好洗個頭。妳輕手輕腳地去看他是不是睡得很熟？像是以前想要半夜溜出去玩，妳在爸媽房門口探頭探腦的時候。

一打開水龍頭，就聽到他醒來找不到媽媽的哭聲。妳嘆了一口氣，又要蓬頭垢面地出門。

傍晚了，妳坐在醫院的候診室，累到在那張沒有很舒服的椅子上面打盹，還是伸長了一隻手，拉住坐不住的孩子，等著護士叫你們進去打預防針。妳最怕注射完可能會發燒的疫苗。總算狼狽到家以後，白天的流程再來一次，包括唸著那本已經唸了五百次的童書。

一直到孩子睡著前，妳都沒有停下來過。

可是，朋友問妳最近在忙什麼的時候，妳說不上來。妳好忙好忙，不知道忙出了什麼。

有的時候，妳會覺得自己變得很無趣。

妳沒有那麼好笑了，以前妳的反應很快，現在很容易就恍神。那個曾經覺得妳很有趣的男人，現在會說妳很愛生氣。妳不知道最近在流行什麼，每天都穿得像是要去運動，記得穿內衣就好。妳羨慕地看著朋友們在國外打卡，看起來好像很好玩。

可是，朋友問妳要不要一起出國的時候，妳想到孩子上幼稚園的學費，尷尬地說不用了。

有的時候，妳會覺得自己老了醜了。

不像個女人。餵過母奶以後，胸部縮了也垂了；每次洗頭的時候，都會看著出水孔上面的髮量；照鏡子的時候，看著冒出的白頭髮和皮膚。想著好久沒有做臉了，「等等，我今天洗臉了嗎？」

妳會累到哭出來，求孩子不要搞妳了。在披頭散髮的時候覺得：「我怎麼會淪落到這個地步？」

然後妳才明白，原來過去見到的那些媽媽，包括了妳的媽媽，不是和妳完全不一樣的人，不是妳以爲的那麼無聊和難笑。她們在成爲媽媽以前，或許也很愛玩、很愛漂亮，或許也說過這樣的話：「我就算當了媽媽，也還是個辣媽。」

「我又不喜歡小孩，我才不會爲了孩子妥協我的生活呢！」

她們只是像妳一樣，因爲想要保護很重要的人，變成了一個很小氣、很俗氣、很脆弱又堅強的人。有時候會失落，可是從來不會後悔；有時候誠惶誠恐，可是想到自己的孩子會被欺負的時候，忽然中氣十足地說：

「怎樣？你想對我的孩子怎樣？」

孩子來到以前

妳的善良會更善良。

前幾個星期按電梯往下的時候，聽到樓上的媽媽催促著孩子，然後是孩子在哭叫。電梯門一開，是一個被丟進電梯、淚眼汪汪的小男孩，忍住了不哭。「你是不是要找媽媽？」他點了點頭。「阿姨跟你一起上樓好嗎？找不到就去一樓等呀。」

其實沒有孩子，人生不會有缺乏，生活很有品質，過著高級的日子。可是有了孩子，妳會體會到，原來每一天都有好多滋味，原來還可以是個這麼好的人啊。

我猜，妳和我很像。沒有想到，他讓妳變了。

在他出現以前，妳說過很多自以爲是的話。妳說，妳不敢要孩子，因爲害怕他會像妳，妳傷過妳的媽媽多少次心？妳說，妳無能爲力，已經活得太吃力；妳也不能自不量力，對自己不好的人要怎麼對另一個人好？妳還說妳決定了，以後要自作主張，再也不要將就了。

妳還說過很重的話：妳不會有孩子的，因爲沒有人會愛妳。「妳決定不恨了，也決定不愛了……這世界笑了，於是妳合群地一起笑了。」

然而孩子來了，他才不管妳在想什麼，他好像覺得妳廢話太多。這個女人有完沒完啊？

妳坐在馬桶上，看著好幾支驗孕棒給了一樣的答案。太不可置信就會恍惚：怎麼可能呢？妳看著自己的腹部，看不出裡面暗潮洶湧。妳懷孕了嗎？是嗎？身體裡面有一個小小的生命，在還不知道發生什麼事情的時候，就在偷聽妳的笑聲、陪著妳偷哭。在妳虧待自己的時候，沒有怪過妳沒有想到他，還是願意留下來告訴妳：「媽媽！我在這裡！」「媽媽！呦齁我來了！」他傻裡傻氣的。

妳沒有他那麼熱情，妳是慢慢掉下去的。一次又一次的產檢，妳躺在床上看著超音波裡面的他，假裝聽得懂醫生說的話，聽到的都是他的心跳聲咻咻咻，「媽媽，不要怕，我還活得好好的。」妳做羊膜穿刺檢查，看到他探頭探腦地伸出手又跑走，「哎呦喂呀。」妳去照立體超音波，他覺得待在妳的身體好好玩，玩臍帶玩手指戳妳的肚子，「耶！」妳拿他沒有辦法。

然後，妳願意爲了他努力。

妳忍耐著反胃，嚥下了青菜，吃下了牛排。妳最怕感冒了，夜咳還是不敢吃藥。妳坐得歪七扭八，骨盆和脊椎都好痛。挺著一個大肚子去開會，沿路跟他說話：「再等媽媽一下好不好啊？我們快要見面了啊。」在會議的休息時間，妳趕著去上廁所；頻尿的妳在洗手的時候，看著在補妝的小女生，妳以前也這麼漂亮。

然後，妳好愛哭。

他打開了開關，妳的溫柔不止。婦科醫生的一個遲疑，妳離開診間就坐在候診室後悔，怪自己以前太愛玩。到家以後很久了，妳等到孩子的爸爸睡著，躲在棉被裡面痛哭，好怕孩子過得不好，好怕他以後吃苦。好強又怕輸了三十幾年的妳，總是想要很特別被側目的妳，第一次最想聽到的一句話是：「他很正常。」他很普通就好。

看到和孩子有關的新聞，有個孩子受苦了，妳的鼻子酸了起來。虛構的廣告、電影和文字，帶到了孩子就會帶動妳，妳忽然很好騙，淚流滿面。

見到他的那一天，妳在想什麼呢？是不是也和我一樣？

我的孩子沒有讓我痛太久，看到他忽然發現被趕出來、氣急敗壞的表情，「我就在媽媽肚子裡面待得好好的嘛！」我忍不住想笑。麻藥退後的我痛到不能抱他，他沒有大吵大鬧，我動不動想哭。

他在我心裡成了流域，洶湧的溫柔。我很放心地知道，我會好愛好愛他。

有了孩子以後

前幾天忘了 Apple ID 密碼，重新認證申請後，你問了我新的密碼。

「幹嘛？」

「幫妳記下來啊，一天到晚忘東忘西的。」你打開自己的 Evernote。

一時間不覺得有什麼，還以為是舉手之勞而已。過了一下子才想到，那是你要我依賴你，道道地地的依賴。

有的時候，我會有點失落。

你沒有以前熱切了，沒有了所有人都看得出來你太喜歡我的表情。你不像以前浪漫，不再寫詩和寫信；不再害怕讓我生氣和傷心，不再爲了我著急。

你開始會取笑我，在我丟臉的時候樂不可支。你開始會說氣話，讓我想要負氣出走可是不知道要去哪裡，因爲我的家就在這裡。你開始不會把我說的話放在心上，以爲我小題大作、我喜歡耳提面命。

你曾經以爲我聰明迷人、驕傲又奇怪，一個傷了心的女生；你曾經以爲我在整你，讓你哭笑不得，可是你還不想說再見，因爲還沒到無話可說的時候。

是怎麼了？是什麼讓我們的愛情多餘了？
是因爲我不好看了嗎？你以前總是偷看我。是因爲生完孩子以後的我，皮膚就鬆了嗎？我在洗澡的時候看著自己的身體、摸著自己的腹部，我走樣了嗎？我不是你的小女孩了嗎？那個會摸著我的頭要我乖的大男生，去哪裡了？怎麼沒有帶著我？
我忽然一落千丈。

有的時候，我會還好你不一樣了。

快要醒來的時候，我總是會先伸手找你，發現你不在就走出房門，看見你在狼狽地哄孩子吃飯。生病發燒的時候躺在床上，聽到好多好多聲音：你打開水龍頭洗碗、清掉出水孔的廚餘殘渣；你綁緊了垃圾袋，出門把垃圾放在樓梯間；你和孩子在玩那些「不要告訴媽媽」的遊戲，因爲他尖叫大笑；你學我唱歌給他聽，他快要睡著了。

你走進了房間，替我按壓手掌的穴道；再調整了棉被的角度，完全覆蓋住我的腳掌。

你拉開書桌前面的椅子開始工作。

你不再爲所欲爲、不再一走了之。你或許和我一樣學會了收納，我收掉了好強和倔強；你攤開了地圖，看它最後一眼，看著想要去的地方。

然後反覆折疊，塞進你的日記裡面。兩個總是讓人放心不下的人，有了一個家。這個家讓我們終於像個大人，沒有人想過我們可以拉拔孩子長大。

想要耍賴的時候，我會說你變了，你以前比較愛我。你說哪有，「妳以前才對我比較好」。其實我們都知道原因，不是因為生活讓愛情變老，而是我們的眼裡都不再只有彼此，我們就像並排站在一起看著同一個方向，那個視野裡面，是我們的孩子。

其實愛情還在，我們很少察覺到它的原因，是因爲沒什麼好證明的了。我們說好了要一起生活，而這就是生活的本質。你不會再說好聽的話，我也沒有看起來那麼聰明，我們很老實地活著，但願可以的話，這個很小又很吵的家經得起飄搖。

你或許不再是個好情人，可是你是一個很好的爸爸跟丈夫。謝謝你來到我的世界，它曾經無比荒涼和讓我失望，是你帶來了心安理得的幸福和滿足。

食物的味道

幸福總是和食物有關。

愛情的初期，浪漫是和一個人一起吃早餐，越是日常場景的戀愛越甜蜜。例如逛ＩＫＥＡ、例如上超市、例如散步說話。

在一起以後總是在吃，電影不能天天看，飯總要天天吃。吃路邊攤、吃小館子，去夜市帶包滷味回來一起看電視。

然後會想要做一頓飯，有肉有菜有湯，兩人份的完整的一餐。

至於我，在婚後又開始重新下廚，摸索著廚房也摸索出另外一個人的口味，哪些菜色是他小時候吃太多吃到怕的？哪些是他很想吃可是沒有人做給他吃的？我們過去在愛情裡面認識對方，現在在生活裡面了解彼此。

到了現在，煮飯給他吃已經不是甜蜜，而是照顧他的習慣。

食物的味道，就是家的味道。

天氣冷了，早上去中藥行抓了黃耆、枸杞和紅棗等，想要燉一鍋溫補的雞湯。一整個下午，家裡都是中藥的味道；我在廚房裡面切洗其他備料的時候，忽然想起小學放學到家，做功課做到一半就會聞到油煙味，然後是爆香的聲音、蒜香、嘩啦的一聲蔬菜下鍋了，接下來是各種食物的香氣，鹹甜的紅燒肉、有著薑和米酒氣味的蒸魚，緊接著是白米的飯香。

我在房間坐立難安，握著鉛筆看著作業本，一個字都寫不下去。小小聲地走去廚房，看著穿著圍裙的母親身影，裝可憐地說：「媽媽，我好餓。」

「哎呦，再等媽媽一下，」她緊張地從瓦斯爐前面轉過身來，「怎麼會這樣？快好了快好了。」我不在乎她才剛下班而已，沒有想過她從起床以後就沒停下來過。催我們去刷牙洗臉，爲我和姊姊紮好辮子，催著我們愁眉苦臉地吃早餐，把中午的便當盒交到我們手上以後，就趕著跟我們一起出門。

沒有想過她一直在趕時間，從離開辦公室到回家的路上，還在頻頻看著手錶，緊張地探頭去看公車外面的車流。快要到站的時候，可能已經忍不住擠到前門，喊著：「下車下車、借過借過。」

我也沒有佩服過她的決心，一個職業婦女可以每天煮最少三菜一湯的晚餐，而且總是準時開飯。一家四口坐在餐桌前，認出了哪一道是自己最喜歡吃的菜。「耶！媽媽今天煮了蝦子！」她把那一盤蝦子端到自己面前，全剝完了以後再放回原來的位置。

於是一直以爲，家裡就是會有飯菜香。

直到和他交往，我才知道不是每個家都很像。「你們不在餐桌吃飯的嗎？」「沒有啊，就各吃各的。」他不以爲意。公公難得在週末下廚的時候，他們在客廳茶几上鋪上了報紙，我坐在沙發上饑腸轆轆，「你們都這麼晚才吃飯喔？……」

「妳不懂沒有媽媽照顧的孩子的心情。」

結婚了以後，總是會想起家裡的那兩個老人。我的爸媽學歷沒有很高，經濟也不是很寬裕；可是他們給了我一個概念，一個家的樣子。他們從來不知道要怎麼教養孩子，他們就是沒有放棄過我。年輕時候的我多麼愛玩，我的媽媽看到我晚回家的時候，總是僵著一張臉，然後我會耍賴地說：「媽媽，我好餓！」她一下子就像從前一樣，忘記了要教訓我，趕著去廚房打開冰箱，趕著站在瓦斯爐前面說：「快好了快好了。」

我喜歡一個家有食物的味道，那是一家到齊的滋味。那是有一個人在告訴他的孩子：我很愛很愛你。

เค้กอร่อย
Love At First Bite
Since 1999
Homebaked Cakes & Pies

那一面的她

我有時候會想，她是怎麼做到的？怎麼可以瞞著我們這麼久？在我們面前的母親形象，原來不是全部的她。
她可能等了很久，等到我們和她一樣，也是一個媽媽了，她就可以做回自己。
那個心軟、愛笑、像個小孩的女人。

每個星期天回娘家，都會看到媽媽的另外一面。

那一面的她很容易心軟，在唸了我的孩子說「不可以喔！」以後，看到他快哭出來就抱起他：「好啦好啦，阿嬤抱阿嬤抱。」在廚房裡做菜做到一半，聽到我的孩子哭了，一板一眼的她雙手往身上一抹就慌張跑出來：「怎麼了？他怎麼了啊？」

那一面的她很愛笑，一邊打盹一邊笑瞇瞇地看著孫子搗蛋。孫子爬到了她的腿上，她哎呦哎呦地說阿嬤老了啦抱不動了啦，還是摟住了他，捨不得讓他走。「阿……嬤！」「啊乖啦！好乖！」她笑嘻嘻的，很得意的。

那一面的她呢？開始會做壞事，偷買了餅乾和糖果：「噓，好不好吃？不要跟媽媽講喔！」

「妳幹嘛給他吃這些啦！」

「啊妳很奇怪欸！吃一點又不會怎麼樣一直叫叫叫。」「他就想吃呀！好可憐喔。」

那和我記得的她多麼不一樣。很長很長的一段時間，她一直都不討喜，很囉唆很容易緊張，很無趣很開不起玩笑。我從小身體不好，一直在生病然後進出醫院，她總是憂傷地看著我，好像不喜歡見到我。我看著比較受寵的姊姊，不知道自己哪裡做得不好？我要怎麼讓我的媽媽快樂呢？我好想要她愛我。

沒得商量，不可以就是不可以。不可以吃零食，不可以不吃中藥，不可以說：「可是姊姊都可以……」好幾個早上，我坐在餐桌前面委屈，喝下摻著粉光蔘的牛奶、一粒維他命、一枚荷包蛋和三明治。

四十歲才生下我的她，對我好的方式多麼不為所動。

青春期是「不滿」的好發季節，她沒有發現聽話的小女兒受夠了，還是不准我擦指甲油和打工，不准我在外過夜和騎摩托車。我用最殘忍的方式傷害她，我對她視若無睹。

她不想我做的事情，我全都做了。和重考的男同學們蹺課，大白天在撞球間或保齡球館鬼混；傍晚了就是坐在泡沫紅茶店，跟著他們打撲克牌；背著她分期付款買了一台摩托車，在校門口吆喝著走啊誰怕誰啊。以爲她既然不在乎我的快樂，我也不要在意她了。

每個頭也不回的青少年，都以爲自己沒有被愛過。我玩到快要被退學，一直到看到她和我爸趕來學校，兩個從來不會低聲下氣的公務員，拜託對我不以爲然的師長：「她是個好孩子啊，不要放棄她。」我站在系辦外面，揉了一下自己發紅的眼睛，我到底在幹嘛啊？

十幾年過去，我已經不會闖禍了，多少明白了她。每次吼著孩子坐好吃飯的時候，都會想起她以前要我跪在時鐘前面：「妳是要吃多久？妳自己看一下！」每次看著孩子發燒，我只能在一旁流淚的時候，也會想起她哀傷的表情。以及小時候的那幾次，護士拉出病床要去手術室，躺在上面的我哭著叫她：「媽媽爲什麼我要一個人？媽媽妳不跟我一起嗎？」護士推病床的時候是用跑的，我看著她跟不上然後越來越遠。我的爸爸摟住了她，她好像在哭。

恍然想起來，過去和現在，原來她和我一樣，沒有看起來那麼強。她在我面前的那些強勢，不過是因爲，她在各種可以選擇的身分裡面，早就堅定地勾出這個不討喜的選項：

「我是媽媽。」

妹妹啊

他應該從來都不知道，我從小最害怕的事情，就是失去他和媽媽。他們太晚生下我了，一個敏感脆弱的孩子。

大學畢業的那天，他們穿戴整齊地來了，我很神氣地到處說：「看不出來吧？我爸媽已經七十幾歲了。」

結婚以後，他看著我的孩子：「很少人想過啊，老人和小孩很像，幾個星期就不一樣了，一下子就變了。」

我有點自責：是不是因為我長大了，他才讓自己老了？

我終於不再讓他擔心，他卻老了。

我的年紀應該是他的孫女，可是我是他的小女兒，他大嗓門湖南口音嚷嚷著的「妹妹」。

「姊姊不要罵妹妹，妹妹不會切牛排，沒關係爸爸有帶剪刀。」「妹妹來踩一下爸爸的背，馬殺雞一下。馬怎麼會殺雞咧？怪個隆冬。」我的小時候。

他很少扳起父親的臉孔，總是笑嘻嘻的、少根筋的，幾乎是在拆我媽的台。有潔癖的她一轉身，他就叫我們跟他一樣，用腳踩著抹布擦地，「結果比過程重要啦！」抄出藤條少一分打一下的她走掉以後，他溜進房間說數學不好都是遺傳，讚嘆基因眞的很美妙；她要他盯著我寫功課，我跑去客廳看卡通，他大筆一揮洋洋灑灑寫完了我的書法作業。

「妹妹爲什麼要生氣呢？不覺得爸爸寫得很好嗎？」他原本很沾沾自喜。

我相信是天性使然，不僅僅因爲我們是他在台灣僅有的親人；他對我們從來沒有架子，不會對我們說教。在任何人面前的他，就是在我們面前的他——很好笑、很會聊天、很大咧咧的，用一種沒有修過的方式活著。他好像也不在意男人的身段、一家之主應該有的樣子。他會做很多家事，洗三個女生的衣服，倒一家四口的垃圾；有的時候，燒幾道他的本省妻子不會做、可是女兒都很捧場的，香氣撲鼻又辣又鹹的湘菜。

很多很多年以後，我才知道他沒有看起來那麼開放，他的傳統都在骨子裡。不在意細節的人最在乎原則，而原則沒得商量。他從來不讓我在外面過夜，一個女孩子這樣像話嗎？說出去能聽嗎？他難得揍我的一次，不是因爲我考得不好，而是我塗改了成績單。他痛恨大大小小的謊言。

很多很多年以後，我也才知道他不是把我們當成了朋友，他是把我們當成了寶。因爲，一直到上大學和出社會以後，他看出我們要遲到了，還是會先下樓發車，載著在車上吃完早餐就睡到東倒西歪的女兒。

因爲，要跟他說我還沒結婚就懷孕的那一天，我以爲他會生氣翻臉，結果他過了好幾個小時告訴我：「沒辦法睡午覺，好像是捨不得妳。」帶著孩子回娘家的時候，他看著我準備的副食品：「我從來沒有想過妹妹這麼能幹，妹妹眞的長大了。」

他還記得我是他的「妹妹」。

還是他的那個，第一次摔下樓頭破血流，讓他一把抱起衝向醫院求醫生的我，隱約聽到他的友人在安慰他：「她也許是知道你來了，所以才放心昏迷的啊。」隱約聽到他邊跑邊哭。

我不知道我有沒有長大，可是我知道他眞的老了。他越來越瘦，吃得越來越少；整個人都縮水了，像是脫水的蔬菜。有些時候，我會不知所措：是不是因爲我已經可以照顧自己，他就放心老去呢？三年前在紅毯上面牽著我走向另一個男人，拜託對方照顧他的小女兒的的他，已經快要連路都走不動了。

我在從娘家回家的路上，非常非常悲傷。那是一種，終於到了快要失去他的感覺。我已經學會他的一些本事，聰明的人最會裝傻。可是，我還沒有學會沒有他，我還沒有準備好有一天，沒有人再叫我：

「妹妹啊。」

51208
长沙南 售
13年05月29日 14:38开
02车 03A号
一等座
长沙南
G71次
衡山西
hangShaNan
HengShanXi
.50元
网
当日当次车

都知道的

最後一次分手的時候，她一樣地唸我：「妳知不知道妳幾歲了？妳快生不出小孩了。」「我又不想生！」

「為什麼？」

「我才不要生出一個像我的小孩，好可怕！」

「哪會啊？我覺得妳很好啊。」

現在，我看著我的孩子，我知道他沒有雙眼皮和大眼睛，他有點胖又有點黑，他不會是讓人心花怒放的童裝模特兒。

可是我覺得他很好，就像我媽覺得我很好。我們，都是媽媽眼裡的好孩子。

在我還那麼年輕的時候，我其實不知道爲什麼，她總是看得出來我過得不好。就算我在進門前擦掉了眼淚，抬起頭來深呼吸；或者躲在棉被裡面痛哭，眼睜睜看著天亮，聽到她走近房間，就側身面向牆壁，假裝還在睡。

「他對妳不好的話，妳就不要忍了。」她會坐在我的床沿，輕聲細語地說著。

她總是看得出來。

我的母親。

我不知道她怎麼做到的，幾乎以爲她是打聽到了什麼。那麼長的一段時間，我一直以爲自己比她聰明伶俐太多，比她更流利地活著，因爲她總是少見多怪，像是沒有見過世面。我無法對她說我的煩惱，因爲她會更憂心忡忡，讓我以爲自己做錯了，我不該讓她難過的。我比她年輕健康，很容易好得起來，然後裝得很好，裝作什麼事情都沒有發生；可是她不是我，她是會留一些病根的，她難以抽身。爲了什麼傷心過，她都會記得。

又或者，在我想要和她多說一些自己的時候，她會以一種我無法招架的激烈反應，使出所有情緒化的字眼；於是我被逼得更暴烈，說出讓自己後悔的話。

我在她那裡得不到安慰，她不是過來人的身分。她就是一個比我更滿的人，迫不及待的局內人。我走出來了還不夠，還要救出她、拖出她。

有一天以後，我做出了傷人的決定：再也不讓她知道太多。那個小時候做噩夢，哭哭啼啼走去爸媽房間，爬上雙人床擠在她懷裡的小女兒，再也不會找她。一個人咬牙、一個人冒出眼淚、一個人流落街頭。我以爲這樣，她就會生疏了。

有了孩子以後，我才知道她看得出來我過得不好的原因。

那是出自於母親都看在眼裡的本能。就像我聽得出孩子的哭聲，是肚子餓了、尿布溼了，還是想要我哄睡？他是在生氣還是在撒嬌？他是還想玩還是要我陪他就好？我都知道的。

她又怎麼會看不出來？從小看到大的孩子在假裝自己過得很好，假裝自己笑得出來。她在洗著我的便當盒的時候，看到剩下的飯菜越來越多，應該也知道我什麼都吃不下了吧？在折疊我的棉被的時候，看到枕頭旁邊的衛生紙，也知道我哭了好久吧？她應該會嘆了一口氣，她的寶貝在逞強，強調自己根本不難過。

她都看在眼裡。我再也不會一邊淋浴一邊唱歌、一邊看手機一邊想笑、把自己穿得漂漂亮亮。她忍著不問我：「妳會好好回來吧？」

一直到最後一次的挫敗，那麼愛玩的我想回家了。我累壞了打開大門，看到她還在等我，以前攻擊過她多少次的我，就是埋在她懷裡哭。我愛到皮開肉綻了。

她老了，再也不會放話，也對付不了這個世界，就是摸著我的頭說：「這個男人不老實。」「妳要找一個對妳好的人。」「乖乖喔、乖乖啊。」我聽到她在哭，都是捨不得。眼睜睜看著一個和她太像的人，怎麼說也說不動，最後還是帶著傷回家。

她努力過了，知道我和她的身上都有一種敏感又絕對心軟的體質，就像很久很久以前，她攤開了我的手掌看著掌紋：「妳跟我一模一樣，個性強嘴巴硬又心腸軟。」「妳要吃苦了。」

生了孩子以後，我和她的關係好了許多。我漸漸是她的身分，知道要做一個母親有多難，難免脆弱和慌亂。幾次我生病了，接到她的電話就哽咽，哭著跟她說我要累死了，那樣疼愛我的孩子的她說：「我跟妳說，他吃差一點沒關係，妳要照顧自己才可以保護他。」收掉電話的隔一天早上，她在醫院打電話給我，她已經為我掛好號了。

她不像我沒有良心，她一直對我好。

至於我的孩子，我想許許多年以後，他或許會是那時候的我。想要假裝自己很強，不想要我捨不得他。他可能也會覺得我俗不可耐，不再是他小時候覺得過的：「我的媽媽最漂亮又最聰明了。」那麼我會說什麼呢？我想我會說出一樣的話：

「他對你不好的話，你就不要忍了。」

「我都知道的。」

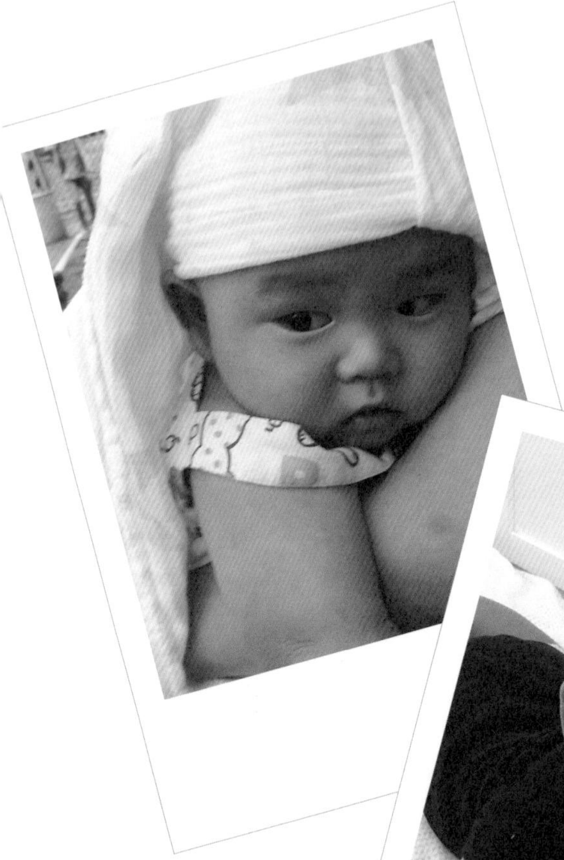

原生家庭

結婚一段時間以後，我才看出了一件事：那些讓我們爭吵的原因，來自於我們有很不一樣的家庭。我們都沒有想到，過了會被大人傷害的年紀以後，原生家庭還是會在我們身上起了作用。或者是說，那些被愛過和不被愛的後果一直在體內，我們沒有發現是因為習慣了，直到有一個親密的人指了出來：

「喏，你怎麼會這樣呢？」

我和他來自很不一樣的家庭：他的爸媽在他還小的時候離婚，他和哥哥一起跟著爸爸；我的爸媽則是給了我一個太親密的家。還在談戀愛的時候，我們都不以爲意。不是因爲心裡只有對方，看到的是對方的表面；而是那時候的我們所有的心力，都用在可以在一起，光是好好相愛就很難。

第一次去他家的時候，我像是走進了男生宿舍：冰箱的裡外是罐頭和泡麵、餐桌上面堆滿了雜物，以及那張露出棉絮的沙發；那和我一直以來的家多麼不一樣。第一次在他家過夜，我在房間裡面聽到他爸到家了，然後微波爐叮了一聲。「你爸現在才吃飯？」那和傍晚六點就一家人坐在餐桌前面的我多麼不一樣。

可是我沒有想得太多，結婚的時候還是沒有想到原來：婚姻是兩個家庭的事。因爲，我的公公一直給我們很多自由，他從來不會急著爲我們作主，他甚至接受我才是那個比較強勢的人；於是我以爲婚姻是我跟他兩個人的事。我們相愛、我們相處。我們爭吵、我們和好。都是我們兩個人的事。

後來發現不是這樣，不是因爲有什麼變了，而是原本就是如此：就算沒有各自的家庭插手，可是，我們本來就是兩個家庭的產物，帶著不自覺的習性或本能進入一個新的家。

結婚的第一年，他時常讓我很生氣。我從廚房汗流浹背地走出來，喊著他可以吃飯了，他挾了菜就坐回電腦前。我披頭散髮地爲孩子做副食品，他蹓躂到了我身旁，不以爲然地說：「讓他吃自助餐就好了啊，我還不是就這樣長大了。」

我快要氣壞了。

又或者是，煮了一桌的菜、燉了一早上的湯，到了晚上他就忘了。餓了就跑出去買鹹酥雞，更晚了就是一碗泡麵加上一顆蛋。在我氣沖沖的時候，他無辜地看著我：他忘了冰箱裡面有菜。

可是，原來愛一個人會試著了解，試著比較聰明懂事。總會有一些橫七豎八的問題擋在我們面前，我不想和他在高牆兩端對立，我想要和他一起推倒。我們已經相愛了，就要對「我們」負責任，不會輕易以爲合不來。

我找了一下子，找到各持己見的原因。

他不是故意的，全然是因爲他來自一個鬆脫的家。他沒有和家人坐在餐桌前面聊天過，沒有被操心擔心過；他習慣了一個人吃飯，習慣了沒有人照顧他。

他不知道一個有媽媽的家的樣子：再晚再累的任何時候，打開冰箱都有東西可以吃。再小聲再小心打開家門，還是會有人走出房門問他吃了沒？聽到他說「我好餓」的時候，著急到好像天要垮下來了。在廚房兜轉、在冰箱翻箱倒櫃、聚精會神地站在瓦斯爐前面。

「要吃水餃還是煮麵？」

「吃這樣怎麼夠啦！」

「我再煮個湯好不好？」

他沒有被問過。

而我們終究是一家人了。那麼，一個家少給的，就用另一個家來成全。婚姻不是嫌棄彼此的出身，而是疼惜在跟你談戀愛的時候，看起來多麼堅強和勇敢的人，也多麼需要被照顧和陪伴。我會讓他和孩子知道，回家就是到家了，不會還是一個人。

3

姊姊的婚禮

爸爸住院的那幾天，我們會在離開醫院以後，一起站在公車站牌下面等車。小時候不情不願帶著我，嫌我礙手礙腳的她，有一次對著我說：「我覺得，還是要生兩個比較好。」「有事情的話，還有一個人可以商量……」我才知道在她的眼裡，我已經不是妹妹，而是親人。

姊姊結婚的那天，我偷偷地掉眼淚。

好像都是這樣的，一個家會有兩個完全相反的孩子。一個讓人頭疼的、一個聽話的；一個沒人管得了的、一個不會惹是生非的。我和姊姊從小到大唯一相像的地方，只有我們的名字。爸媽總是對我搖著頭：「怎麼差這麼多啊？」

差很多，我比她差很多。她從小就可愛，相簿裡面都是留著長髮的她坐在鋼琴前，然後帶到了我，我像是出現在拍片現場的路人甲。她聰明又會講話，因爲上得了檯面，是爸媽帶出門的百搭配件；我看到陌生人就躲在我媽後面，又笨拙又黏人。

那個年代的父母，哪知道什麼是童年的心理創傷？他們愛人的方式不是鼓勵而是刺激：「妳很笨又很醜，一定要比別人更努力知道嗎？」

我一直活在姊姊的陰影底下。

好不容易長大了，走出歪七扭八的自己的路，我們還是很不一樣。她除了上班時間以外都待在家，我除了睡覺時間以外都在外面野；她的朋友就是她的大學同學，我可以慶生慶一個禮拜。最讓我媽嘆氣的是：姊姊跟初戀男友談了十幾年的戀愛結婚，我一直在練習說再見。「怎麼又分手了啊？妳可不可以學學妳姊姊啊？」我最討厭後面這句話。

她的婚禮那天，我根本沒想到我會哭。本來嘛，我們又不是會手拉著手去逛街的姊妹。而且我多麼覬覦她的房間啊，從小她的房間就是比我的大，憑什麼啊？我也不會再在出門的時候發現：什麼?!我的鞋子被她穿走了！

一直到她拜別父母的時候，我忽然鼻酸了。然後坐在禮車裡面一直想，我的爸媽沒有養出一對小公主，而是養出了兩個每年寒暑假都在打架的女兒。可是，我在幼稚園被小男生欺負的時候，是她跑來班上放話：「剛剛是誰打我妹的？出來！」小時候爸媽吵到要離婚，問我們各自想要跟誰住一起的時候，是她擋在哭哭啼啼的我前面說：「我們誰都不跟啦！妹妹跟著我啦！」

現在我們都結婚有了孩子，還是不會打電話跟對方聊天，也還是不會講幾句好聽的話。可是我們會在爸媽生病的時候，傳簡訊提醒對方打電話回家。在我媽不唸一下就很難過的時候，替對方說話。

我想，我很感謝我媽在四十歲的時候，還願意生下了我，而且替我準備好了她。

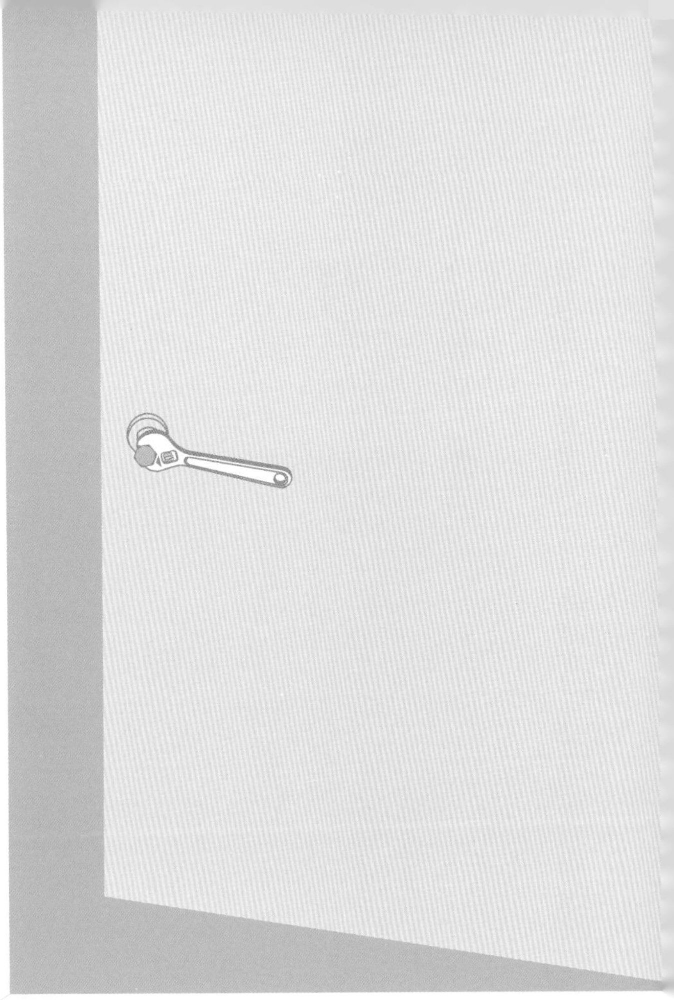

PART 4

寶寶，請你慢＿慢＿來＿＿

你是讓我心軟的理由，
你是讓我溫柔的原因。
你可不可以，不要這麼快長大？

一歲的你

有一天你會抬起頭來問我：「媽媽，我是從哪裡來的呢？」
「你是天上的小天使啊，跑來我的肚子裡。」
「為什麼我要來找媽媽呀？」
「因為，你覺得媽媽很寂寞吧。」
「嗯，什麼是『寂寞』啊？」
「媽媽也不知道那是什麼了。」

寶寶：

今天是你的一歲生日。

就算是每天看著你，沒有錯過你，我還是覺得你讓時間過得太快了。

那個我從醫院抱去月子中心，被包巾包得很緊的小娃娃呢？那個我扶住脖子、托起身子拍嗝的小嬰兒呢？還有、還有那個躺在床上咿咿啊啊，對著自己的手說話的小寶寶呢？沒有多久以前，他不是還迷迷糊糊的、不知道自己已經離開媽媽的肚子裡，沒有白天和黑夜的概念，不知道「睡過夜」是什麼意思？他的爸爸醒來還是恍惚，嘆了一口氣把他抱去嬰兒搖椅，搖啊搖、搖到外婆橋，終於慢慢地睡著。

他的外婆不是還一直追問他的媽媽，問她是不是快要生了？然後趕來醫院對著他傻笑，一臉的甜蜜，到家就打電話給所有人，假裝沒有很得意。他的外公不是還在生氣嗎？他疼透了心的小女兒爲一個紅通通的臭小子受苦了，小女兒在月子中心拄著助行器，還沒做完月子就又去醫院掛號，吃力地在診間練習走路。

他的阿姨不是還隔著玻璃看他嗎？那時候的她在想什麼？從小吵架打架到大，一下子像個跟屁蟲、一下子又氣呼呼地說「妳爲什麼要穿走我的衣服？」的妹妹，怎麼會變成一個媽媽？以後再也不會黏她。妹妹要照顧別人，妹妹會保護別人，妹妹不會偷哭了。

妹妹歪七扭八地長大了。

一年了，你好不一樣了。你就像是縮時錄影畫面裡面的花苞，很快就綻放開好了，快到了我會揉揉自己的眼睛，不敢相信自己的眼睛；也可能，你只是沒有跟我們說，自己在偷偷準備。在我們渾然不覺的時候，你長好了肌肉和神經，偷笑地想著要表演給我們看。你很壞，想要看我們大驚小怪。

你第一次從床上摔下來，我們才知道你會翻身了；第一次爬出你的房間，爬到廚房找我；第一次扶著牆壁站起來、扶著牆壁走向我、張開了雙手嚅嚅地說出我聽過最好聽的聲音：「媽媽、媽媽。」「再說一次呀？」「媽媽。」你的聲音軟軟的，我的心裡也軟軟的，就好像是……被鬆動了。

你開始很會笑，有很多讓我哭笑不得的表情，因爲我好像看到了自己；你開始搞東搞西、東摸西摸，讓我和你的爸爸在你安靜的時候，交換一個「有鬼了」的眼神，那代表了你在做壞事；你的體力越來越好、睡得越來越少，你的嬰兒肥不見了，你抽長了身高和膽量。

可是，就算是這樣，我還是後知後覺。我在換季的時候摺著你再也穿不到的紗布衣，哎呀，這麼小件、這麼可愛啊。你的爸爸替你洗好澡，看著我拿來的包屁衣，「他穿不下了啦。」「是嗎？」

是嗎？是不是只有我狀況外？沒看出來你快要是個小男孩。是不是只有我記錯了時間？你六個月了？你一歲了？怎麼會這麼快呢？

好了，我不要裝傻了，我怎麼會不知道他們說的「卸貨」就代表了你有脫離我的能力？是我依依不捨、是我無理取鬧、是我意氣用事，是我想要放話：

你可不可以，不要這麼快長大？

我想拍掉那隻按下快轉鍵的手，我可以慢慢來的，我的時間很多的。我想要和你虛度、和你浪費，想要因爲你而沒有出息、想要很久很久以後看到有一個人愛你。有一個人對我的寶寶好，有一個人不會讓我的寶寶傷心。

會是多久以後呢？可不可以不要太久？因爲啊、因爲呢……你很好啊，你在我心上的所到之處，都鬆軟而且綿密。它們不再是破碎的瓦礫、不再是碎裂的玻璃。我有了軟綿綿的眼神，不再帶著傷心和敵意。

我在所有的困難前面扔下了武器、舉起了雙手投降；不再拚個你死我活，不再問你哪位你憑什麼啊？就是膽小又卑微地說：

「可不可以，不要傷害我的寶寶？」

一歲的我

你是讓我心軟的理由，你是讓我溫柔的原因。你讓我想要試著對別人好，因為我但願你看著我學會善意；有一天你不顧一切的時候，被我保護過的人會接住你。

我比我想像中的更愛你。

寶寶：

一年了，你還喜歡媽媽嗎？你有後悔選擇了我嗎？「媽媽跟我想的根本不一樣嘛！」你會這樣想嗎？

我想，你多數的時候是喜歡的。喜歡和我在一起、喜歡我花時間在你身上、喜歡我玩得像你一樣。喜歡我和你的爸爸推著嬰兒車帶你出去，聽我們一路上在聊天，像是你在我肚子裡面，聽到我們總是在說話那樣。

還會喜歡什麼呢？可能也喜歡無所事事的早上吧？我們醒來躺在床上，還不急著做回不耐煩的大人，你就躺在我們中間咿咿啊啊、在我們身上爬來爬去。我和你的爸爸很會演，假裝找不到躲在棉被裡面的你。

「哎呦喂呀！你在這裡啊？」你咯咯地笑了。

我們是你最喜歡的玩具。

可是有的時候，你可能會不喜歡我，「媽媽生氣的樣子好可怕喔！」你可能還不明白，你想睡覺的時候，媽媽就會哄你；你餓醒哭了，媽媽就會去泡奶。那麼，你又沒有想要媽媽生氣，爲什麼媽媽會生氣呢？

（要到很久以後，你才會知道：沒有打算要這樣的，不代表不會有後果。沒有想過要對別人不好，其實還是會傷到別人。）

你不是故意的。一開始的時候，你是想要和這個世界、比你待過的那個子宮大到不可思議的世界混熟一點。你以前只能玩自己的手指和臍帶，你現在想玩玩看遙控器，看看拆開背蓋以後會是什麼？你想扳開插座，它看起來很厲害，接上它的東西都醒了過來。

你掃下一面書櫃裡的書，讓靠寫字維生的我和你的爸爸，臉上有了痛苦不忍的表情。你抽光面紙、扯開保鮮膜和烘焙紙，想知道到底還有多少張？到此為止，我都還沒有兇過你。你在我心裡的點數夠多，懷孕期間儲存的溫柔還沒用完。我的記性也還可以，還記得告訴過自己：「我不要他是多麼乖巧聽話的孩子，健康就好難了，健康就太好了。」

我高估了自己，太看好自己。你開始有了個性，和我不相上下的頑強；你有了脾氣，和我拚個你死我活的暴烈。那幾個我們在餐廳裡面，我吼著一直摔碗盤砸杯子的你，你別過頭不看我的時候；在菜市場的攤位前面，我警告你不要一直從推車站起來，你氣得扔掉玩具的時候。

我總是會想起你的外婆。她看著我的時候，是不是也像看到以前的自己？而這個很像自己的人又更厲害更俐落，從不失誤地傷害到她、解決了她。

她是不是也和我一樣，在氣急敗壞以後掉頭痛哭？

一年下來，我很想說我願意愛你的原因是我很快樂，可是其實不是，因爲快樂的時間很少。大部分的時間，我都累壞了。日復一日洗著你的奶瓶、抓住你的雙腿要你不要動、爲你擦拭大便。

我看著指甲蓋的汙垢，想著以前的我總是定期美甲。剪掉留了好久的長髮、沒有時間做臉、跟團買不傷肌膚的品項。

好幾個你感冒咳嗽的晚上，我在嬰兒床邊說故事唱歌，然後在地板上睡著。你的爸爸來找我，我一臉的自責：我是多麼害怕我不是一個好的媽媽啊，不久以前，我不過是一個小女兒啊。

即使如此，我還是想告訴你，我最喜歡的一個身分，是你的媽媽。帶你去打預防針塡寫表格時，最喜歡的欄位是：「母親姓名」。快樂的時間很少，可是那些快樂都有餘溫。你改變的不是我的生活，而是我。你讓我很少再受傷，因爲只有和你有關的事情傷得了我。

謝謝你選擇了我，給了一個最驕傲的身分：母親。

TOMMY
USA

出國旅行

其實，看到驗孕棒的時候，我很慌張和後悔。

我不喜歡小孩，因為我害怕責任、討厭失去自由。可以的話，我想要一個任意門，回到你還沒來的時候。我就還是那個說走就走的女人，厲害又俐落。然後你的爸爸說他要你，要我不要傷害自己的身體。我們很心虛地等著你出生，抱著你哭起來。

兩歲半啦，你從什麼都不會到很會，從一直在哭到惹我生氣。有時候瞪著你，你搖了搖食指：「No、no喔！」或者很緊張地去找出衛生棉，「媽媽！包布！」

幸福的後來，原來是哭笑不得。

你這個臭小子，推開了我心上的瘀青。

寶寶：

每一次帶你出國，就是好好認識了你。

你在我身體裡面的時候，我和你的爸爸叫你：「小乖。」因爲你沒有讓我吃太多的苦，沒有讓我們擔太多的心。你就安靜乖巧地待在我的子宮裡，等著瓜熟蒂落。出生以後的你還是沒有累到我們，很快就睡過夜了，而且一個人睡一個房間。不會要我們總是抱你哄你，不會見不到我們就哭。難得哭哭啼啼的時候，是你餓了或睏了。好幾個早上，我聽到你醒來，不吵不鬧地坐在嬰兒床裡面玩，哇地哇啦地講個不停。走進你房間的時候，你看到我就笑了。

你讓我好得意，我有一個善解人意的孩子。最會自作多情的不是少女，是媽媽。

幾個月以後，我和你的爸爸帶你出國的時候才發現，你完完全全不是聽話的孩子，你不會依賴的原因來自於你很獨立，不會哭鬧的原因是因爲你在不動聲色。出生以後的你或許就在想著：我什麼也不能做，也只能這樣了。可是沒有關係，下個月、下下個月、下下個月，用不了多久，我就不用聽他們的話了。

小嬰兒長成了小獸。第一次帶你出國，你在飛機上坐不住，哇啦啦地大叫，我們慌張地賠不是以後抱起你衝向最後一排空位；你沿路哭吼，像是在求救，最後你的爸爸把你抱進了廁所。

再回到位子上的時候，你又想睡又想玩。你找到了我，趴在我的身上，抱著我的脖子。你滿頭都是汗，臉上還有淚痕。

你總是像在助跑，我們學會了一邊看著菜單一邊拎著你的領口。你的爸爸一等食物送上來就往嘴巴裡送，含糊不清地說：「妳慢慢吃，我先帶他出去。」我一邊收拾一片狼藉的桌面，一邊跟鄰座的西方老太太道歉，她給了一個了然於心的微笑：「沒關係的，我們都是這樣過來的。」

一年過去了，你更不好打發了，我們還是帶你出國。原因是什麼呢？是後來想起那次旅行，我總是樂此不疲。那些讓我笑著大叫「爸爸，你快看他啦！」的時候。

原來啊，是交換禮物。你讓我們以後不會可惜：「那時候怎麼就不多陪他一點呢？」我們給你的不是帶你去好多國家，而是一天二十四小時，我們好好地陪著你。不在哄你睡覺的時候還偷滑手機，不在聽到你哭的時候還依依不捨地看著電腦。一家人出去旅行，就是一個移動的家。

後記：

今天早上醒來，你的爸爸跟我說巴黎發生了恐怖攻擊，飯店裡面的歐洲旅客都有落寞的表情。我看著還沒醒來的你，整齊的睫毛和出汗的鼻尖。昨天晚上你幹了多少好事啊，我還是很喜歡見到你。我爲了你生氣也傷心過，我但願永遠不會爲了你悲傷。這樣會不會很難？我的要求會不會太多？

這個世界讓多少母親心碎了？

那我們說好了，我會好好說自己一頓，要自己不要總是在你胡鬧的時候，覺得你讓我在大庭廣眾下很丟臉；要自己不要在工作的時候對你不耐煩，你只是想找我玩而已啊。還有，要自己不要總是要你聽話，我沒有資格要你學我。你答應我，你以後懂事就好，你不必總是聽我的。你要像現在這樣，再清楚不過自己要的是什麼了。

我陪著你長大，你陪著我變老。所有的關係一場，都是陪伴而已。

最後有那麼一天，我和你的爸爸會依依不捨地離開你。到了那一天，要你哄著我們不要哭了，要你跟我們說：「沒事了喔！」而我會說什麼呢？

我會說，你是我的寶寶。

FLY
with me
Bangkok
AIRWAYS
CHIANG MAI
PG

不能沒有你

我忽然搞懂了，為什麼老天爺要我生個孩子？祂是要讓我活了三十幾年以後，還可以成為不一樣的人。祂給了我一個變好的機會，讓我在照顧孩子的時候，知道我可以對別人也一樣的——欣賞別人的優點、允許別人犯錯、聽完別人的解釋。我的孩子在教我仁慈和穩重。太值得了。

親愛的寶寶：

沒有想到你會讓我膽小和多愁善感。

這幾天的新聞，反覆播報著一個八歲的小姊姊出門上學，再也回不了家。一個五歲的小哥哥墜樓以後，來不及長大。我和你的爸爸訥訥地看著畫面，眼睛紅了鼻子酸了，走到你的房間去看你。你像是知道我們傷心了，摘掉口中的奶嘴要給我們。我破涕笑了出來，你在學我啊，學我在你想睡了要哭了的時候，把奶嘴放進你的嘴巴裡。

而我是多麼害怕失去你，害怕到大驚小怪。每則和孩子有關的社會新聞都是很有後座力的恐怖片，讓我的每一個惡夢都和你有關：你病重不治，再也不會長大，從此停留在某個年紀。你出了意外，來不及跟我說再見，來不及長得比我還高，我從此失去一個身分：母親。

有人帶走你，讓我找不到你，時間在你的房間停住，琥珀裡的房間。散落一地的玩具還在原地、奶嘴也還掉在角落，就你不見了。有人傷害你，對你做出我捨不得對你做的事，我傷得比你還重。

我在夢裡大叫你的名字，心跳加快到幾乎失速。心臟猛力撞擊著胸口，讓我奮力地醒來吼著：「不要這樣對我的孩子！」

還好是夢，還好是我想太多。

可是我不是因爲這些事件，才變得這麼膽小。從在超音波的電腦螢幕見到你開始，我就無時無刻在擔心。擔心你因爲我長期的作息不正常而發育不良，擔心你因爲我太晚發現你在我的肚子裡，而早就被我的飲食習慣傷害。擔心這個擔心那個。我和你爸爸一路過關斬將：做了羊膜穿刺，正常。照了高層次超音波，正常。我鬆了一口氣，可是還不敢放心。在還沒見到你以前，我都放不了心。

黃哲斌在《父親這回事》寫到自己的兩個兒子：「我沒有一天不感激，他們是一個普普通通的小孩。」那就是我在產檯抱著你的感想。

世界還沒變好，你就來了。很多時候我跟你爸爸會在你不知情的時候，看你看得著迷。你在公園裡掙開了我們的手奔跑，小小的、歡快的背影像是一個小飛俠。到家以後，你在午後的陽光下睡著，睫毛在光影下顫動，像是小天使的羽毛。我不敢想像有一天沒了你，那不是失去你而已，那是一無所有。

我看著這個破敗的世界無計可施。一直到深夜看了一部影集，片中的女兒離家出走了。她的爸爸說：「要是她不知道我愛她怎麼辦？」我決定要盡可能地寫，寫我有多麼愛你。這樣，也許很久以後，你找不到我們的時候，你看著我的文字會想起來：

有我們愛你啊，誰都不愛你了還有我們啊。你是被愛過的寶寶啊。

媽媽的翅膀

寶寶：

媽媽想自顧自地說一個故事。

好久好久以前，有一個好強又愛玩的女孩子，很少人管得動她。她以為總有一天會生活在他方，會很有辦法。因為，她幾乎每個月都為了工作出國，在不同的飯店房間醒來、從這一個時區忙到下一個時區的時候，心滿意足。沒有想家過，像是在逃家。

「好不想出差，捨不得孩子。」前輩們這樣說的時候，她不敢相信會有人不喜歡自由。

有一天，她有了孩子。

像是要過海關前，她取出了身上不適合「媽媽」的配件：先是「驕傲」和「任性」，然後是「天真」和「挑剔」，最後依依不捨地，留下了「自由」不帶走它。

很多時候，她會和「自由」對望。看著朋友們說走就走，到外地工作或旅行、在週五的晚上披頭散髮追著孩子、沒有時間休息被說成沒有夢想的時候，她會想著，「自由」應該已經認不出她。

親愛的寶寶：

再過幾個小時，我就要出發去機場了。下一次見到你，會是四天以後。

從你出生以後，我們幾乎沒有分開過。我的、你的、你爸爸的三人份的生活，就像揉在一起的麵糰，分不清楚是在過誰的日子。在餐桌寫稿的時候，你就站在我的對面，隔著安全柵欄看著我，好像是在說：「好希望媽媽跟我一樣，很喜歡我們玩在一起的時候。」「媽媽都不笑，她為什麼要做讓她不快樂的事情呢？」

你不像很多孩子要傍晚才見得到爸媽，你不用待在托嬰中心或者保姆家看著其他孩子被接走了，心裡失落地想著：「爸爸媽媽什麼時候才會來接我呢？」你總是和我們在一起，一起做很多很多事情，我們過著同步的生活。

一些小小的時候，我感到別無所求，幸福原來可以這樣，看著你們就有暖意。幸福不在那些欣喜若狂的時候，幸福就在它不會再走掉以後。我沒有過得這麼好過。

那些小小的時候，可能是在平常日的下午，我推著你去超市，經過了一所小學、幾間掛上「準備中」牌子的餐廳，等紅綠燈的時候，你從推車抬起頭來看我。可能是我在廚房做菜，而你的爸爸跟你在客廳玩，我聽到你大笑尖叫，我最愛的兩個男人。可能呢，可能不過是我們吃完飯出門散步，我和你的爸爸看著哪間店面收了，鐵門上貼著「頂」的紅紙，看著一戶人家的桂花樹長得真好。

你的爸爸手長腳長，推著你也還是走得比我快，你從嬰兒車坐起來，往後探出頭找我：「媽媽。」

我是多麼榮幸，可以不用放棄自己的夢想和你。我們都不用想念對方。

可是，我其實也知道，我快要不行了，我已經累壞了。因為你在的現場，我就會是你的媽媽，聽不下去你在哭，受不了你要一個人對著玩具說話。於是，我會放下手邊的工作，急著去你的房間找你。於是，我會嘆了一口氣，坐在你的身邊，唸著已經唸過好幾次的童書。每個蹲在浴室洗你的屁股、收拾著滿地飯粒、扯掉沾到大便的床單的時候，我都會想著：我什麼時候才能開始工作？

在你睡著了以後。

我是日以繼夜，沒有停過的自由業媽媽。

快要不知道「我」在哪裡了。朋友們在臉書打卡和上傳照片，而我的手機裡面只有你。朋友們去國外工作，一個接著一個，而我連想去洗個澡，都要等你睡著以後。好不容易可以放風了，我的同志朋友摸摸我的頭髮說：「妳多久沒護髮了啊？」我低頭看著自己，看到你在我褲子上抹下的飯粒。

我變成了披頭散髮的女人。我甚至，越來越不像個女人。我已經不太會穿高跟鞋、不戴項鍊和耳環。有時候，我甚至會聞到自己身上的汗味。過去那個穿著合身洋裝、拎著名牌包的女人呢？那個週五的午休去洗頭，下班就漂漂亮亮去玩的女孩子呢？

那個可以一個人去旅行、在哪裡都過得很好的我呢？

前一段時間說過一個故事：白鶴化爲人形報恩，等孩子睡著以後，才打開抽屜摸著以前的翅膀。可是寶寶，我要跟你說，一直到快要出國了，我才發現其實，媽媽們的翅膀都還在身上，只是不再用來飛翔，而是張開了雙翼保護孩子。現在，媽媽的這雙翅膀有點瘦、有點麻、有點太重了，我出去飛一下，就會飛回你的身邊。到了那個時候，我的翅膀可以張得更大、撐得更久，保護我心愛的寶寶。

Australia
8047 km
Brazil
16086 km
Colombia
17306 km
Ethiopia
6575 km
Guatemala
16170 km
Australia Latte Art Champ
World Champion Coffee Bean
Latte Art Cafe
Wholesale Coffee Beans
Master Barista School
START YOUR COFFEE FLIGHTS HERE at
Nimman
0 km

媽媽的旅行

有一天，她可以很像以前：一個人拉著行李箱趕去機場，快跑到登機門前，入住飯店的房間。她期待了好久，期待躺在白色床單的大床，走在沒有散落玩具的地板，洗一個不用豎起耳朵的澡。穿著沒有被抹髒的浴袍，坐在床沿的時候，她才知道，早就不希罕以前的生活了。因為，她的眼睛紅紅的，她好想她的孩子。

親愛的寶寶：

原本，我以爲我最不應該做的事情，就是放下你和你的爸爸，一個人想做什麼就做什麼。

以爲我們是一家人，就要有一家人的樣子。我會生氣你爸捧著碗坐在電腦前面吃飯，唸著他回到餐桌前面。我會嘀咕你爸在週末或晚上開會，「那是家庭時間啊！」吵得最兇的那次，就是他想要一個人去環島。「爲什麼不帶我們去?!」「妳不懂，我需要一個人的時間。」「你怎麼可以這樣想啊?!」

他要我也一個人出國，去找嫁到國外的好姊妹，我說我捨不得你。我知道和很多男人比起來，他已經算是很會照顧孩子，可是我就是捨不得你。

捨不得你什麼呢？你是天不怕地不怕的孩子。應該是想起你的時候就會捨不得吧，所謂的母性，就是以爲孩子不能沒有媽媽。

這個世界總是在提醒我不要太過。讓在愛情裡面得過且過的我摔了一大跤，才學會了不要讓別人得寸進尺。讓信不過自己的我有了你，才知道早就有了愛人的能力。終於，我接了一個案子，要留下你們出國旅行。

第一天不太好受。我在機場裡、飛機上、飯店和餐廳，聽到孩子的哭聲都以為他們是你。我很弱地說聲：「好可憐喔！」好姊妹瞪著我：「妳知道妳以前聽到小孩子的哭鬧聲都會翻白眼嗎？」

我和她白天去跳傘和潛水，晚上從這間酒吧喝到那間酒吧。我們以前幹過了什麼好事，重新再來一次。然後發現，我好久沒有這樣了：一直忍不住說笑話和接話，不講一下會很難過。一直找人聊天也對人很好，友善而且熱情。醒來的時候就是醒來了，不會想著「我好想睡喔！可不可以讓我睡一下？」身體很累可是眼睛很亮，太陽打光在我的臉上。

多久了？我的快樂裡面多久沒有疲累的成分？我的自由裡面多久沒有心虛的成分？原來啊，在我不是「媽媽」這個身分的時候，我就還是以前的我。那個我還是很像個女人，不會披頭散髮、也不會破口大罵，不會提心吊膽、也不會煩躁生氣。

於是我想，我大概知道你爸爸的感覺了。像他那樣曾經自由自在到幾乎我行我素的人，應該比我更早就發現哪裡不對勁了，害怕再這樣下去就會對這個家不滿。那麼就這樣吧，每年我和你爸都會各自去旅行，各自和你在家裡慶祝獨處的假期。你要記得，不論是多親密的感情，有時候還是要讓對方好好陪著他自己。

你慢慢來

你的第一個生日。

我跟你的爸爸想了好久，決定不要一個有彩帶和氣球的派對。因為這個世界上還有很多小天使，他們的翅膀灰了，他們的羽毛亂了。我們要把這些錢捐給好失望的他們。

那麼我們會給你什麼？還有什麼是我們以後給不起的呢？你橫衝直撞的表情、你無憂無慮的笑容，我們早就給你了。

我想我會給你的，是以後我不記得了、可是你想知道的。你來的那一天，我跟你爸爸就此記錄了你的每一天。這樣，也許很久以後你找不到我們的時候，你還會想起來，有我們愛你啊，誰都不愛你了還有我們啊。我們變成了以前的你，在天上苦惱地想著：他看起來好寂寞。

親愛的寶寶：

在有你以前，我是一個很容易不耐煩的人。我說話的速度很快，還沒把話聽完就追問了。看電視的時候老是在轉台，一本書看到了第十頁還沒有情節就不會再給它機會。看到了對向閃起紅燈，就準備要跑過馬路。

總是怕來不及，總是像在趕場。老是以為會錯過，老是等不了就走。

然而你來了。你從一開始就讓我等。

有了你四十週又一天，你還在我的身體裡面玩。四十週又兩天，你有時候會摸摸我的肚子。四十週又三天，你終於想起來了我在等你，開始著急了起來。在我的肚子裡面橫衝直撞，像是哇啦啦地說：「快讓我出去呀！快點讓我見到媽媽啊！不然她會不會不等我了呢？」

不會的，從來和從此都不會的。

因爲我知道你總是會趕到的。不同時候的你，始終沒有提早爬行、走路、說話，可是你最後總是趕到了。我不可能完全不在意，尤其在看到其他孩子已經好會講話的時候，可是我好像沒有擔心過。

前幾天，你忽然學會了說「不要」和「好喔！」然後亂說一通。你在你爸跟我討論事情的時候，搶著說：「好喔！」在我問你爸要不要吃飯的時候，大聲地說：「不要不要！不要嘛！不要啦！」

我和你爸笑個不停，你怎麼那麼寶？原來，我從來不擔心你的原因，是你原本就不需要被擔心。你很健康、你很快樂，就是我的心願。

你還不想太快長大，你很喜歡當我的孩子，那就慢慢來啊。我們一起躺在床上打混，花一個早上去逛菜市場，用一個晚上做鬼臉。或者在浴室裡面玩到忘了要穿衣服吹頭髮，在這間房子裡面追喊著彼此。過去我以為時間過得太慢了，慢到了我可以一下子就做好多事。而你讓我真正感覺到：

生命中真正美好之事，是即使你從來沒有錯過，珍視著、注目著，仍然覺得時間過得太快太快了。

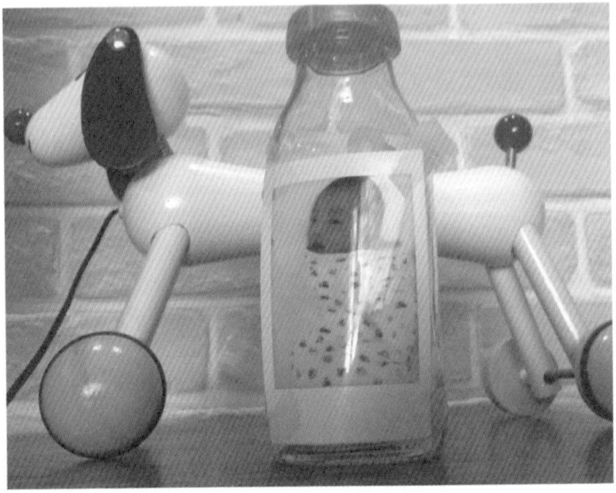

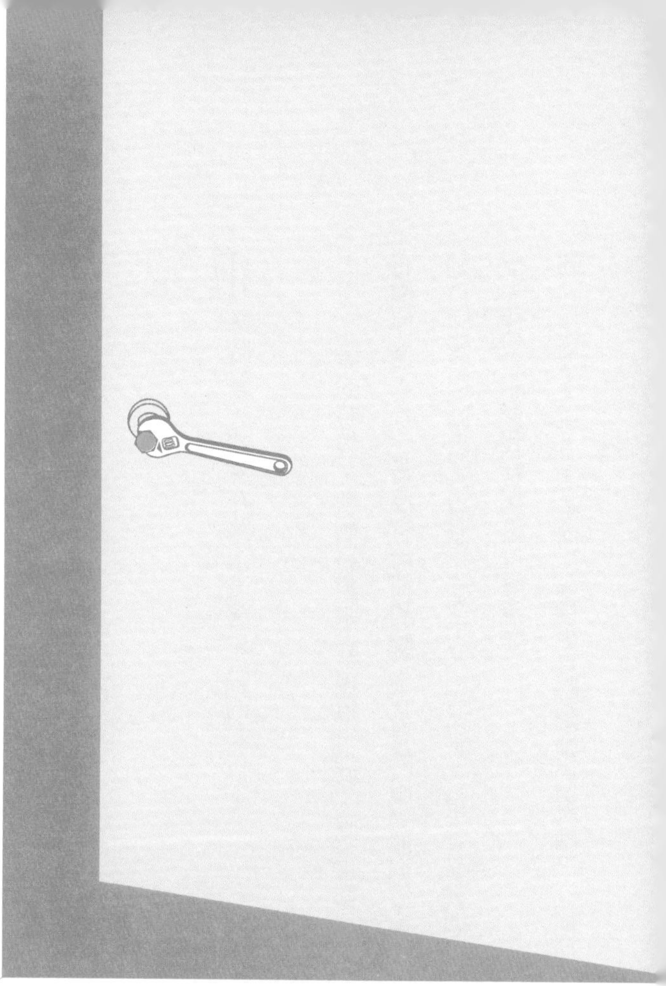

PART 5

哭泣女孩

很久以後的一天，妳不會再害怕失去，
因為妳看出來了失去的都是不適合的，
遲早都會走掉的。

年輕的女孩

我們這些所謂的大人，並不是心裡一乾二淨地從過去走來，總還是有一些痛苦的殘片。
我們只是學會了留不下的就放掉，帶不走的就收好。

很多時候，我會在路上看著年輕的女孩子。

天還亮著的時候，她們看起來都過得很好，長得都很好看。看起來沒有憔悴過，有一張沒有垮掉的臉。青春的風光明媚，青春的愛情向陽，她們眨著眼睛跟人說話，睫毛又細又長，很容易就開心，很容易被取悅。我不記得我有那樣可愛過。

我在捷運上或者咖啡店，總是會聽到她們說話。「那個誰好過分！」

「他到底想怎樣啊？妳不要理他了啦！」「我覺得我老了。」聽著聽著就笑了。是啊，只有年輕的女孩才會大聲說話，因爲不怕別人知道自己的事。只有還不知道能活下來就很好的人，會以爲「老」是自己看得出來的事。不知道女人變老只要一個晚上，從此見到妳的人都會一臉不忍。

有個朋友在臉書上面寫：「海明威說得對：『在白天，對任何事都無動於衷其實非常簡單，但在夜裡，那又是另外一回事。』」

我總在天黑以後，看出那些年輕的女孩子過得不好。

白天太長了，要她們得體的時間太長了。不知道自己是不是已經失去他了，還要看起來沒有受傷。她們或許躲在公司的女廁掩面痛哭，或許在茶水間鼓起勇氣打電話給對方，聽到「您撥的電話目前沒有回應」就掛掉，忽然覺得空調的風太大。開完了會，他還沒打來；午休的時間，他還沒有空嗎？要訂下午茶了、主管外出了、好像可以走了、天黑的太快……不知道下班以後要拿自己怎麼辦。快要現出原形，快要不能若無其事。

傷口就要繃開。

我走過東區錢櫃，看到喝醉的女孩子蹲在地上吐，抬起頭來的時候，眼睛和鼻子都哭紅了。走到便利商店要繳費，看著她們站在門口抽菸，茫然地看著自己的手機。快要到家的時候，看到一對年輕男女站在摩托車兩旁，男生在不停地叫罵，女生低著頭掉眼淚：「那你還愛我嗎？你可不可以愛我！」

以及，在我早上出門買菜的時候，看到站在路口招計程車，穿著高跟鞋而妝都花掉的女孩子，像是跑錯了攝影棚也像是出戲的路人，出現在只有主婦、學生、早餐店和菜市攤販的街景。她們還是好看的，就是被風吹雨打過了，一臉的受挫。幾個小時以前，在我看著睡著的孩子，撫摸著孩子的頭髮，感到心裡的溫柔就像溫泉的時候，她們在著涼。

她們好眼熟，好像以前的我。「那種聰明帶點防衛的氣質，想放棄卻又不甘心的樣子。那種以爲自己什麼都可以，喝了酒卻又哭得像個孩子。」

我的朋友問過我：「妳現在怎麼想以前的自己？」其實我還是感受得到慌張和痛苦，就在看到她們的時候。那種不知道爲什麼要不愛最大，不知道爲什麼要很有姿態……以及被以爲是個開朗的人結果對方大失所望地說「原來是個歇斯底里的人」的失落——我還以爲可以在你面前做我自己啊。

可是我還是覺得，能那樣傻裡傻氣和又哭又笑多好啊，可以搞不楚狀況又在對方面前努力懂事，越傷心的時候越是說一個接一個的笑話。
我仍然欣賞過去沒有手段的自己，我有始有終。
我但願那些年輕的女孩子，最後都會喜歡自己，然後很放心自己。

有性無愛

我有時候會想，有一些男人最後會和很年輕的女生結婚，倒也不是因為貪圖青春美色，而就只是好幾年下來，和自己年紀相近的女人，一個接著一個等不下去了，和另一個人走入了婚姻。

每一次坐在他的床沿穿好衣服，要他不要送她了以後，她站在路口等計程車，都會默默地想著：「做愛，就會做出愛來嗎？」

她無疑是喜歡他的，他有她不敢想像的一切：他長得好好看，剛剛好的膚色和剛剛好的線條；不說話的時候，眼睛和嘴巴也像有話要說。可是他又從來不以爲意，對所有人都細心溫柔。第一次找她出去的時候，她坐在他的車上緊張著拚命說笑話，他呵呵笑著轉著方向盤；忽然緊張地踩了煞車，原來是前面有一隻流浪的米格魯。「我們去便利商店吧？」他抱起了那隻狗，「你走丟了嗎？你從哪裡來的啊？」他們一起開了一個狗罐頭。

她覺得他們好像可以相愛。

後來的他更溫柔。打電話找不到她的時候，他不會一通接著一通地打；等著她忙完以後回撥，他會說：「嘿……」然後問她要不要一起去海邊。和他在一起的時候，好像任何時候都是夏天。她不會游泳，就是坐在沙灘上看他抱著浪板往海裡面衝，不時回過頭對她笑。她蜷起了雙腿抱著膝蓋看他，像是在看自己的孩子。兩個人輪流在衝浪店的浴室沖洗，她穿好了T恤和短褲，走著走去停車場。

他忽然嘆了一口氣，然後低身彎下腰，替她綁好鞋帶。「好了，這樣就不會跌倒了。」

她愛上他了。

他第一次拉起她的手過馬路，小跑步的姿態。第一次親吻她，解開她的扣子像是解除她的警報。第一次撫摸她，像是沿著海岸沿線要畫出地圖。第一次進入她，在她的身後抱緊了她不放。完事了以後，他親吻她的額頭，拉來了一床棉被：「不要著涼。」

她忽然想起好久以前聽過的一首歌：「如果你沒在我頭上輕輕一吻，我也不會哭得像個小女生。」「我想我們都是好人，可惜只有做朋友的緣分。」

是啊，他想要做朋友。他喜歡她，他看到她來的時候會眼睛一亮。他在她過敏的時候買來成藥，不得罪任何人地擋下要灌她的酒。「我喝就好。」他在每一個飛離和抵達的機場都會寄明信片給她，在候機室用手機自拍。他還會說，說他在床上找到了好多水鑽，「是妳的貼鑽還是施華洛士奇的耳環？」他收好了，她要來拿啊。

可是他沒有喜歡她到不能失去她。他沒有要她不要走。他說：「我還沒準備好。」「我很喜歡妳，『這個朋友』。」「傻女孩。」

於是他們在人前是朋友。一群人去餐廳吃飯，他還沒到的時候，她不會替他留身邊的座位。散場的時候，他問著有誰要搭他的便車，她總是最後一個舉手。他的生日快到了，她買好了禮物寫好了卡片，就是沒在臉書上留言祝他快樂。她想著她好盡責啊，盡朋友的本分。還有誰比她聽話呢？他們是一起睡覺的朋友、不會過夜的性伴侶、不說「以後」的情人。她不是沒有想過，還能騙他多久？還能裝自己不在意多久？她根本不是玩得起的那塊料，或者是說，她玩不起自己。大庭廣衆的時候，她總是在受傷：看著其他女生對他撒嬌，聽著不知情的女性友人說他怎麼還單身呢？怎麼可能呢？然後要跟他自拍並且在臉書上標注他。

他就是苦笑著看著她，越過了一片人海汪洋。她刻意坐在遠方，沒有人會以爲他們要好。遞給他良好的微笑，遞給他其實她也可以對人談笑。在他被拉住的時候，她走到了吧台叫車買單。等車的時候，她叫住那個年輕的調酒師問他：「可以要一個人的身體然後不要她的心嗎？」

「可以啊，只要確定自己不可能會喜歡對方就可以了。」

請勿觸碰
lease do not touch

想要結婚的妳

想要和一個人結婚的原因，不是因為結婚等於了幸福。
而是：「我知道很不容易，可是我想要陪著你。」

妳還好嗎？

我想，妳很像很久以前的我，被自己和其他人問得好累——快要或者過了三十歲，怎麼還是沒有結婚？

感到自己多餘，在農曆新年的時候；感到自己舊了，在捷運上面看著年輕女生的時候。不知道怎麼會這樣，怎麼會有一天從此單身？誰想得到呢？最後會是妳還沒有結婚。

可能有的時候，幾乎就要動搖。是不是不要那麼講究了？《非誠勿擾》裡面都說了：「婚姻怎麼選都是錯的，長久的婚姻就是將錯就錯。」是不是要服氣了？找一個不痛不癢的人。那麼多人寫過：「往往不是和最愛的人結婚。」

或者是，妳已經在一段差強人意的關係裡。他有時候對妳好，有時候想到妳。妳覺得他的好夠用了，還想和妳在一起就好。妳不想失去他、不想丟掉「女朋友」的身分，不想再來一次妳受夠了的流程——曖昧、約會、戀愛。要花多久時間才能走到最後一步？妳已經沒有時間。

接受一個不會想念和想哭的人吧，和一個對自己還可以的人結婚吧。

妳不要怕，不要胡說八道。不要以爲結婚是一個女人的代表作，沒有結婚的女人就是在愛情裡失敗的女人，被淘汰了被剩下了被作廢的。

不要爲了想要結婚，就什麼都不要了。妳要是害怕失去，就不會有選擇的權利。妳會忘記了妳值得過的生活，還以爲自己本來就很難快樂得起來。

因爲，我沒有一天不是在慶幸，在自以爲是又委曲求全到全身是傷以後，我終於願意爲了自己負責。再也不會讓愛情欺人太甚，不讓任何人動到我的快樂。

知道自己不要什麼，比知道自己要的是什麼更實用。因爲多數的我們，都會把想要的當成需要的。「我就是要他啊！」不再捨不得失去，長成了一個對愛情有主見的女人，遇到藍白拖的時候，我沒有得意忘形，沒有忘記對自己說過的話。是他都做到了，沒有讓我受過苦；是他還可以保護我，以一種「交給我」的語氣。好久沒有人對我這麼好，或者是說，幾乎沒有人試著了解要怎麼樣才可以讓我快樂。

我的晚婚好值得。和一個對的人結婚，任何年紀都是適婚的年紀。

結婚不是必修課，要不要結婚都是選擇。既然可以選擇，就得是最好的選擇。不要找一個讓妳在戀愛階段就受苦的人，以爲結婚了就會沒事了；跟一個對妳不好的人生活在一起，不安和痛苦只會更頻繁密集。也不要將就著結婚，把所有隱憂都翻出來看，把情況想到最糟，然後好好問自己可不可以接受？不可以的話就先打住，愛妳的人會願意先讓妳放心。

每一個人要的不一樣，可是至少要和一個不會讓妳受苦、沒有「讓妳覺得」被拖住的人結婚。因爲婚姻裡面要有很多退讓，會有一些爭執，甜蜜都會過去。每個人都會面對這些問題，不同的是，相愛的兩個人願意一起面對，不會有一個人不以爲然對方的委屈。

ETHIOPIA
40%
30%
30%
Blend
BODY
ACIDITY
SALTINESS
SWEETNESS
BITTERNESS

給女孩們

我有那麼多的話想對妳們說，不是很好聽的。因為我很希望，那個時候有人可以告訴我，蹲下來跟坐在路邊哭泣的我說：

「妳只是失去了一個不愛妳的人，和傷害妳的機會。」

很久以前的我和妳很像，很容易害怕。

害怕快要喜歡一個人，快要習慣了他在；那麼，到了不可以喜歡他的時候，會有多勉強吃力？害怕讓對方知道自己太喜歡他，好想知道要怎麼不在意？怎麼裝模作樣啊？

還害怕什麼呢？害怕讓對方生氣，所以說不出話；害怕是自己想太多，他好像沒有那麼在乎我，可是，要是這樣就分手的話，會不會找不到更好的人？會有那個人嗎？

很久以前的很久以前，不是這樣的。所以，我們把這些害怕推給了「陰影」——都是陰影害的，沒有陰影就好了。「失去」的後遺症，就是會讓我們所有的害怕，都來自於害怕失去。

害怕沒有人會欣賞這個，裡外落差太大的自己。

可是，我想跟妳說，不要害怕。

「害怕」很可怕，「害怕」會讓妳對自己很差。只想知道「他還愛我嗎？」好像他還答應去愛，就可以忍受他對妳做了什麼。沒有想到戀愛是兩個人在談，卻只有一個人在決定「開始」和「結束」。他可以決定妳是不是說錯了話、妳是不是有病啊，以及想不想見面和接電話。

沒有想到自己有選擇的權利，沒有想過可以說：「你還愛不愛我都無所謂了，因為我很不快樂。」

我不是因為終於幸福了，就忘記和輕視了喜歡一個人的時候會身不由己。相反的是，我是在結婚以後，才把很多事情看得更長遠和實際。以前的我像是站在愛情的面前，請它看一下我、不要不理我；現在的我走開了，可以打量它了，看出「愛情」沒有那麼強：兩個人可以走下去，不是一個人去愛就好，沒有人可以一直偉大。一份要妳很得體的愛情，很難走得下去。

因為，生活會搓掉「一廂情願」，日子會用掉了「激情」。再怎麼喜歡一個人，沒有持續被愛護和感動，那份「喜歡」很快就會筋疲力盡。然後承認了自不量力，以為在一起就是要磨合，可是最先被磨掉的是自己。以為愛上一個人就是會掉眼淚，冒著流淚的風險，有一天不得不認了，撐不下去了。

情意需要養分，滋長出情深意厚。

和他一起生活以後，我更確定就是他了。他一直給我愛，讓我樂於去愛他。孩子出生的那一天，我看著他爲我擦澡，扶著我走路。爸爸住進加護病房裡的那天，他接過了我的手，我一直在發抖。還有太多脆弱慌亂的時候，他沒有讓我一個人。不是他的話，不是和一個對自己好的人，會有多孤單啊。和一個錯誤的人在一起，比單身還要寂寞。因爲那樣的孤單，是落單。

原來，相愛是生活中還是會退讓，可是不會委屈；對一個人好，不是因爲要他愛妳，而是他對妳的好讓妳快樂了，妳也想要他得到。愛一個人的方式並非總是讓著對方，自己不快樂了還想讓對方快樂。那不是勇於去愛而是害怕失去。戀愛是兩個人的事，快樂也該是兩人份。

讓對方知道自己在想什麼，也很想知道對方在想什麼，才是對「愛情」負責。

最後，我想說的是，很久以後的一天，妳不會再害怕失去，因為妳看出來了失去的都是不適合的，遲早都會走掉的。妳會放下一個妳以為這輩子都放心不下的人，因為妳不喜歡和他在一起時候的自己，妳是喜歡「愛情」而已。

妳知道自己想要成為什麼樣的人，就會很清楚想要的是什麼樣的陪伴。妳不再害怕了，可能就會有一個人勇敢地去愛妳。讓妳多謝了過去的失去，他讓那些「失去」功成身退。

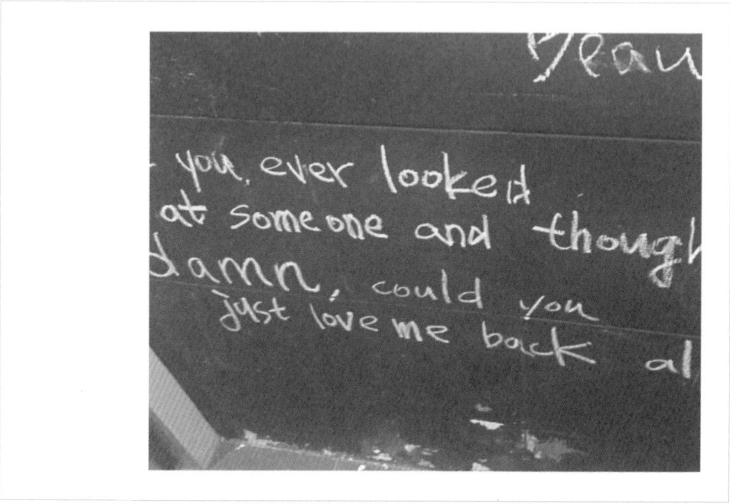
you, ever looked
at someone and
damn, could you
just love me back

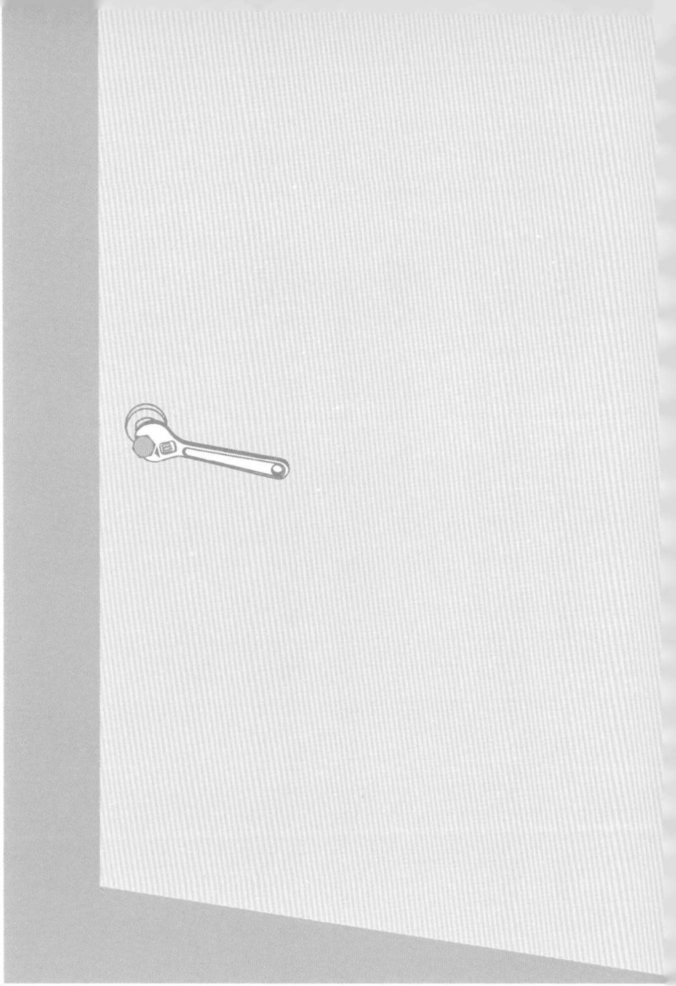

PART 6

一起青春

終於我們都不會再在喝醉的時候哭了，
終於我們都幸福了。

致青春

那一年的我們都很瘦，煩惱自己吃不胖；和男女朋友吵架了就難過，分手會傷心也會害怕不能再愛；有人要出國唸書的時候，我們在錢櫃包廂哭哭啼啼，連喝啤酒都會喝醉。

十幾年以後，我聽到一直很想要孩子的你終於快要當爸爸了，很高興也很想哭。還好沒錯過啊，從青春到中年，從孩子到有了孩子，我總算趕到了。

我們知道自己不年輕了，留不住青春也就不留了；可是就算是這樣，在算著認識多少年的時候，還是會被數字嚇了一跳——那幾乎就是一個成年人的年紀。

畢業十幾年以後，和同學見面的地方，都是在婚禮和坐月子中心。女生們圓潤了一點，男生們髮量又少了一些。買得起名牌包包了，開得起進口車了。到場的時候，我們的臉上都有點累，說話的時候不會尖叫和大聲。可是只要到齊了，時間像是有了任意門，很快就回到最快樂的那幾年。

我還是可以嘻皮笑臉，她又是那個被取笑的人。他終於可以問著其他人：以前的那個她現在過得好不好？各自打回了原形，還可以是簡單清爽的人。見過彼此最美好的樣子，也就不用想起時間對我們做了什麼。

就在這一、兩年的時候，我時常會想起他們。很想要多見幾次面，像以前一樣多好。

第一次有這個念頭的時候，我還不知道原因。出社會以後的前幾年，我們不得不投入在各自的生活。以爲可以做到什麼，以爲沒有做不到的事。因爲太忙太累，我們很少見面。像是不諳水性的人在專心練習換氣，慌亂地打水啊又告訴自己不要怕啊。各自沮喪和疲倦，不想讓對方看到。

最後，我們只能和跟自己工作有關的人往來、然後要好。一攤接著一攤地喝、一次接著一次被撂倒。在不為人知的一個早上，躺在床上看著天花板流淚，不知道爲什麼要被這樣對付。

不知道彼此在這些年過得好不好，被說過多少難聽的話，被使過多少殘忍的手段。有誰想過看起來傻呼呼的她，也會在離開男友的住處後，一個人在深夜街頭流浪？有誰知道那個很好笑的他，會一個人叫了一支威士忌坐在吧台發呆。

對啊，我們都不知道。不知道會自己一個人被整被弄。

或許會想念他們的原因，不是想念青春，青春的現場終究不能還原；

而是珍惜簡單的我們和快樂。十幾年來看了太多反覆無常的嘴臉，過了幾個差點回不來的日子，我再也不想追求華麗的生活，也不想要虛有其表的交情。

也可能是因爲這幾年總算過得還可以，明白了好手好腳就是有頭有臉，明白了人生就是小學操場，我們在沿路擦傷，還是想要跑回出發的地方。也就開始找著原路回去。

在被莫名嫌惡了以後，有人十幾年來不嫌棄自己，還願意陪著有多好。看著他們在臉書上傳的照片，在對話群組裡面的對話，忽然明白了每次見面的意義。

是我們願意花時間看看對方。「不能一起吃喝玩樂了，還是想要知道你過得好不好。你是不是像你說的那樣沒事了？」

最後一次

還很害怕失去的時候，我難以接受所有的「最後一次」。想到要把他家的鑰匙還給他，以後就是朋友了，再見到的時候要客氣了；想到最後還是沒有等到他，他終於要和另一個人結婚，我不是和他一起老。殘忍到令我恍惚。可以這樣嗎？可以都不算數嗎？

後來我才知道，人生是要時常練習說再見的。先是失去了愛情，然後是朋友，最後就是親人。有一天以後，我們不會再不可置信，不會沒有誰就過不了日子。懷抱著一些傷痛和遺憾，刺刺的、酸酸的，長出了大人的模樣。

我們從來不知道，什麼時候會是最後一次。一直要到「最後一次」的一段時間以後，才看得出來已經過期。

多數的時候是在說愛情。分分合合的兩個人，說了好幾次要分手，但他總是會捨不得。沒想到一個普通的日子，妳又很簡單地說出分手，還以爲不聯絡幾天以後，他就又會接妳的電話，然後在樓下按門鈴。

可惜對方聽進去了——你們的確不適合。

又或者是遠距離戀愛。兩個人在機場分開的時候，說著過個半年一年就會見面了。然而再見到面的時候，已經是朋友了。或者再也不會見面，各自有了新的人。刪除對方的臉書帳號、取消追蹤對方的Instagram，合照都在朋友那裡了，說過的話也都在朋友心裡了。「傻傻兩個人，笑得多甜。」

恍然想起來，原來那是最後一次去他家、最後一次是他的男女朋友，最後一次看到他。有些告別很鋪張，有些告別太輕鬆。很快就分開的，都是沒有說過要分手的。

然而年過三十以後，最令人感傷的，恐怕是和愛情無關的「最後一次」。或許是因爲，我們都不得不了然於心——不變的愛情不是應該的而是難得的，愛情本來就是流動的，從一個人流到了另一個人身上。更或許是因爲看多了，知道愛情裡的措手不及根本不算什麼。說到底，用「措手不及」這四個字都太多了，面對愛情的變故，連善後都不用，就只能放手而已。

讓我最悵惘的「最後一次」，大概是見過幾次的人，那時候還那麼明亮活潑，忽然生病走掉；臉書上面的留言再也沒有人回覆。一個出發前還在機場打卡的人，搭上一架出事的飛機以後，從此用不到回程機票。又或者僅僅是，一群吃喝啊打混啊的朋友，在半年以後紛紛各自嫁娶生子，啊，原來那一次的局是最後一次，不會再重來一次了。那時候玩成那樣，還以爲可以複製貼上，原來已經是最終回。

沒有想過某一次的旅行，是最後一次一起旅行。人生充滿了無數次那時候還不知道。

於是明白了，很多劇情結束的時候不會殺青，而是說不演就不演了。學會的是什麼呢？大概是愛惜著每一天、可以見到的每一個人。把每一次想成了最後一次去把握和珍惜，以後想起來的時候也就不會可惜。

想說什麼就說什麼，能怎麼對人好就對人好。倒也不會因此成爲濫情的人，看不順眼就看不順眼吧，受不了的就不忍了。不知道還有沒有機會和這個人再見，也就發自內心了。至於那些中途離席的人，有的人會成爲了傷口，有的人只是愛情或者友情對自己開的一場玩笑。

對於以後難得一見的人，我希望他們從此過得很好，知道我說不出什麼溫柔的好話，不是那種言語甜蜜的人。但願他們知道我有時會想起他們；以及我都記得的，一起做過那麼多丟臉好笑的事，不知道怎麼就喝醉了、到底怎麼回家的啊？像個笨蛋在大街上大聲嚷嚷，又哭又笑地說：「他爲什麼不喜歡我？我這麼漂亮！」

「他就是不想和我在一起嘛！」

那時候的他們都在我這裡了。

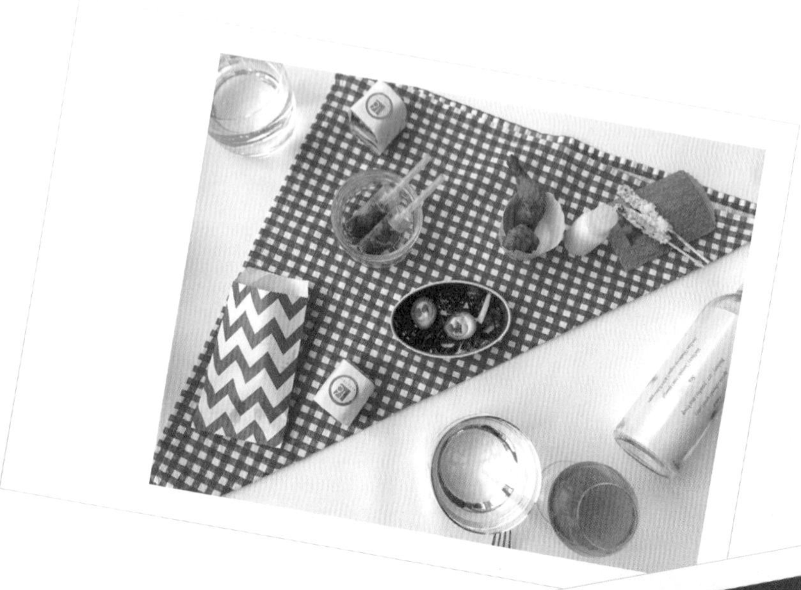

老人公寓

那時候的我們以為自己老了，不知道可以經常看到對方，就還在青春的尾聲，最後一個暑假。
後來的我們紛紛結婚生子，難得見面的時候發現：竟然喝不動了。都有了自己的家，小獸們玩夠了要回家。

三字頭以後，我和幾個好男好女，組成了一個叫作「老人公寓」的小團體。

因爲我們是一直單身的人。好久以前談過丟人現眼的戀愛，那時候的我們都還是大男孩和小女生；哭笑不得地被欺負，哭哭啼啼地說不好話。沒有人告訴我們到底做錯了什麼，沒有人告訴我們愛情結束是關門以後的遊樂園——沒有笑聲，沒有光，沒有追著對方笑的旋轉木馬。

沒有人告訴我們，解散以前不用先集合。

從此以後「傷害」就對我們不耐煩，在我們快要把自己交出去的時候等不及出手。在我們沾沾自喜地看著鏡子裡面的自己，覺得又可以那麼好看的時候，它湊上來對我們說：「你很快樂嗎？」「你又得意忘形了。」

我們坐回了原本的位子，不玩愛情裡面的大風吹，不被愛的人就要離席。不去打可能會轉進語音信箱的電話，不去愛恐怕會愛上的人。喝多的時候看著自己的手機，滑著通話記錄，滑過了想撥的那通電話。現在的螢幕都做得好大好亮，照著我們的臉上，像是在逼問我們：「你為什麼不能去愛？」幸福的錄取率太低，我們站在榜單前面，踮高了腳跟抬起了頭，找不到自己的名字。

於是我們幾個人就玩在了一起。先是姊妹們的聚會，後來有了哥兒們。在週五的晚上、連假的前夕、生日、情人節、聖誕夜、跨年，那些應該要快樂，應該要慶祝的日子，我們在這座城裡的小酒館和餐廳，吃著喝著說著，老了以後就住在一起，買一棟無障礙空間的公寓，合力請幾個看護。笑完以後又很小聲地說：「不知道還能這樣下去多久？還能這樣玩多久？」我們看著電視螢幕的跨年倒數，五、四、三、二、一，又單身了一年。**Happy Same Year**！

有人談戀愛分手了、有人的前女友結婚了、有人最後才知道對方不希望他愛她。再回來的時候，我們一句話都沒有說，還回得來就好。

就在我們像是站在放學的校門口，等不到有人來接走自己的時候，有一個人急著向我們跑來，好像在說對不起，他讓我們等太久。然後又有了一個、下一個、下下一個趕到的人。我們陸陸續續幸福，在對方的婚宴上像是看著自己的家人結婚，放心地把那個傻傻的他交給對方，警告對方敢對他不好的話就試試看啊。最後喝開了喝多了，終於我們都不會再在喝醉的時候哭了，終於我們都幸福了。

週五的晚上

什麼是「過得很好」？
週五的晚上不會特別想要做什麼，同一個笑話聽了幾次還是想笑，會因為感動而不是因為傷心流淚，洗澡的時候在浴室唱歌。
為了小事而快樂。
越來越多個星期五的晚上，我都會在家。恍然明白了一件事——年輕的動物才會外出。

週五的晚上，哪裡也不去。

黃麗群寫過一篇文章，叫作《感覺有點奢侈的事》，說的是在生活裡面的一些細小時候，我們輕巧地、不粗暴地想要怎樣和不想要怎樣：「奢侈就是要在明知夠與不夠之間、過分與不過分之間，無心散漫地踩過來踩過去。」比如隨手就掃下開架式化妝品，比如一個忙完的下午開了一支冰透的啤酒。

對我而言，不再以爲週五的晚上特別，不再非要它比一週裡面的其他六天更爲放縱，就是有點奢侈的事。在這座城市最招搖賣弄的時候，不用拚了命要快樂，可以過著經常愉快的日子。生活的本質就是滿足，就是笑聲，就是總算走到這裡了。他和我和我們的孩子，在一間老公寓裡面，認分家常地活著。

經常，我會在日光暗下來的時候走進廚房，取下掛在牆上的圍裙，取出在冰箱冷藏櫃退冰的食材；睡午覺的孩子聽到抽油煙機和爆香的聲音會慢慢醒來，喊出溫軟的童音：「媽媽。」「欸。」

經常，我愛的男人和我坐在餐桌兩頭，我挾菜到他和孩子的碗裡。然後開始說些有的沒的，和我們的愛情無關的。我說你覺得那個誰的約會對象怎麼樣啊？是想要對她好還是想追到她而已？他說妳們女人啊。我說是啦是啦，反正結婚後都一樣了啦。

他說他想要寫一個故事，他總是有好多想寫的。我說你就去寫啊，小說就跟孩子一樣，生出來了才會知道長得怎麼樣。他訕訕地看著我，對啦妳最會寫又最會生了啦。

我有時候覺得，完完全全相愛的兩個人，才可以放心地取笑，又不會弄到對方。

然後，我們洗滌碗盤、收拾了桌面以後去散步，帶著等不及出門的孩子。故意去走沒走過的巷子，去看各種營生；走過週五晚上人潮湧入的夜市，然而我們要回家。到家了以後，孩子或許還貪玩，還想再確定一下他是被愛的，於是跑回自己的房間，拎著他的小棉被爬上我們的床，學著我叫他爸：「老公。」

幸福太繽紛了，萬花筒樣式的幸福。各種層次和色澤、各種快樂的排列組合。

在一些熱鬧退潮的時候，比如孩子睡了以後，一日的閉幕式。我又坐回電腦前面，難免想到過去那些像是快要暴動的週五下午。此起彼落的即時訊息視窗，紛紛放出狠話說著誰怕誰啊，紛紛訂下東區的KTV包廂。我在快要離開辦公室之前跑進女廁補妝，脫掉被鉤破的絲襪，換上更細更高的高跟鞋。走進任何一個場面，總是裝作自己很棒，抬頭挺胸地推開大門。

現在的我失去了很多，失去還可以的外表，再也不想招惹了。失去天眞的表情，都看在眼裡了，就是語重心長。我身上的小女人氣息，就從成爲一個家的女主人以後，離我和我愛的男人遠去。我好像住在一個音樂水晶球裡，在一樣的生活裡面轉來轉去，沒有變化的日常風景。見著想見到的人，做著喜歡做的事。

也還好那樣玩過，不知道天高地厚，不知道自己在忙什麼。我從來不後悔，愛錯了做錯了也不後悔。愛惜現在也喜歡以前，更欣賞的是走來的自己。多少的狂奔狂喜，多少的低迷流連，而我就像收起了一把傘，帶著它們往前走。

分開的他們

還沒有臉書的時候，以前分開的人，從此以後不知道在哪裡了。就算住在同一座城裡，應該還是去同一個影城、同一個家具賣場、同一個百貨公司商圈。可是他們就像是失事的雷達訊號，從我們去過的地方消失。

原本以為很感傷。原本，所有的不見都讓我感傷。

一直到最近打開臉書。見到幾個朋友，過去彼此相愛的人，在分開以後各自宣布了喜訊，各自打卡各自合照。我才明白，不復才最傷感。

有了臉書以後，就可以看到他們分開以後各自過得好不好。

還很年輕的時候，我們和朋友的男女朋友要好，幾乎就是自己人。要她帶他來唱歌、帶他來聚餐、帶他來和我們上山下海一直玩。朋友一個人出席的時候，最先被問到的一句話是：「誰誰誰呢？怎麼沒帶他來？」好像他們是不可以解散的偶像團體。

和男朋友的同學女朋友更好，因爲不用顧忌和避嫌，也像是同一個陣線。在各自男朋友坐在電腦前連線打電動的時候，交換一個「怎麼工科男生都這樣？」的白眼。在他們一起去當兵的時候，約對方出來逛街吃飯。「還要好幾個月才退伍啊！」「對啊，不過你們還比較近，我們好遠喔！」那時候的遠距離戀愛，不過就是台北到台南。

然後呢？然後我們各自分手了。有時候還是會和那幾個女生見面，可是就是「有時候」。二字頭的我們什麼都不會，最會的就是弄丟朋友。

終於不再聯絡。

和好多人都沒有聯絡——朋友的前男友、朋友的前女友、前男友的朋友。也不是有誰做錯了所以不相往來，而就是失散了。見面的時候要說什麼呢？說來說去都會說到那個人。可是只有被傷害的人可以拿傷害開玩笑，其他人只能一直避開提起他。想著想著都累了，還是就放著吧。也許哪一天就還可以約對方喝一點，喝一點以後就什麼都能說了。

於是在臉書上看著他們。那幾年在開往海邊的車上一起大聲唱歌，在自拍的相機鏡頭前面擠來擠去的他們，一個接一個更新了狀態——求婚了、被求婚了、訂婚和結婚了。再一個接一個放上孩子的照片，當爸爸和媽媽了，也有了自己的家。

過了容易憤怒和感傷的年紀，也就想要樂於祝福別人。就算以世故現實的說法，那幾年就是作廢了。可是有誰想要這樣呢？有誰想到會這樣呢？幾年以後都是各自和另一個還沒認識的人結婚生子。我想，他們也是這樣看著我的吧，各自給過的別人不要的心意，終於都有了另一個人收好。

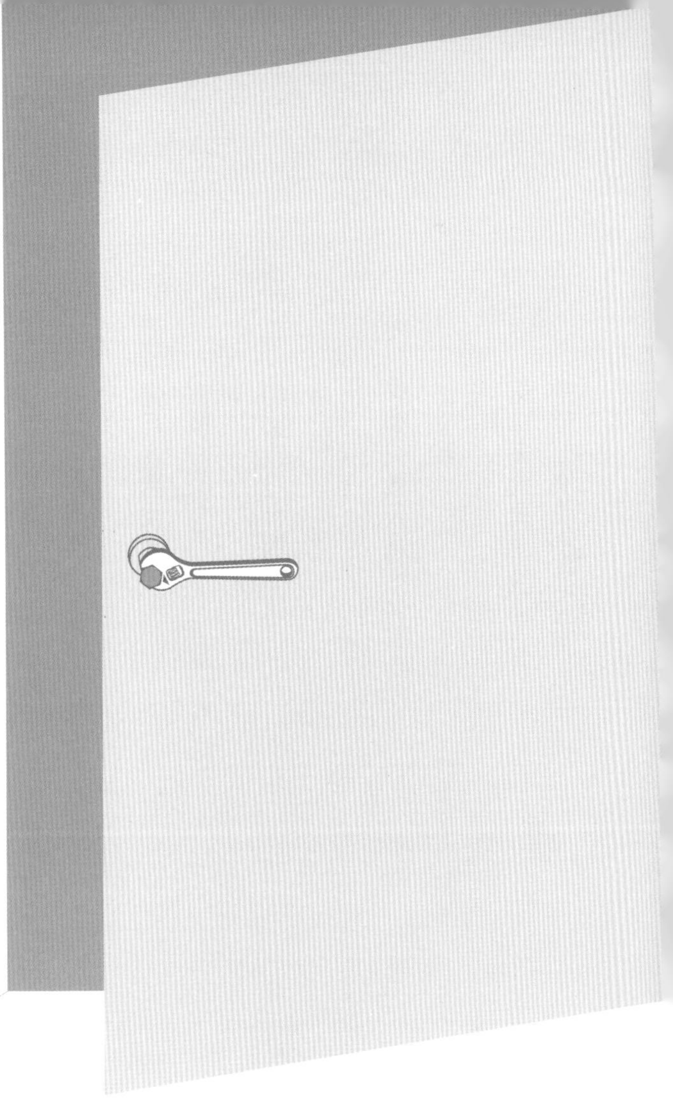

相愛習作

和藍白拖問答

大A問藍白拖

一 **你有對我厭煩的時候嗎？**

說沒有是騙人的（被飛踢），但生活有許多厭煩事，重點是如何面對與處理，而非一味害怕或抱怨。

二 **你最喜歡我什麼？**

喜歡妳的直爽，不會藏心事。

三 **如果我沒有懷孕？**

那就想辦法讓妳懷孕。

四 **喜歡一個人還是一起旅行？**

都喜歡，一個人享受孤單，一家人享受熱鬧。

五 **你今天會洗澡嗎？**

天天洗澡對身體不好。

網友

問

藍白拖

一　**為什麼男人這麼愛挑戰女人極限？**

因為人生是一場極限運動挑戰。

二　**怎麼追求大Ａ的？**

先臉書聊天，知道她喜歡吃後就約看電影，看過電影再約吃飯。當時主動去認識她的朋友，關心她近況。

三　**單親家庭的小孩，走入婚姻的感覺是？**

有點不真實，特別是突然要開口叫別人爸媽的時候。但我覺得這是一種自我教育，未來我會和夾腳拖說，阿公阿媽很相愛，但有些生活習慣不適合才離開彼此。

四　**你的育兒理念是什麼？**

沒有理念就是最好理念。孩子是老天爺派來教育我的人。

五　最久多久沒洗澡？今天吃水餃了嗎？

一個星期吧，但是在歐洲的時候。回到亞洲就看天氣好壞決定洗澡日。（好啦，其實我是一個怕水的海軍，所以我也怕水餃?!）

藍白拖 問 大A

一　妳最討厭我做什麼事？

你的問題不是做了什麼事，而是沒做什麼事。例如沒有把家務和家人放在第一位的時候。

二　如果孩子有天離家出走，妳會怎麼辦？

「我的孩子很乖，一定都是爸爸帶壞他。」

我離家出走過，知道那樣的心情。我想我會提醒自己，孩子最害怕的不是回家，而是回來以後的責難。我會讓他知道，他沒有闖禍。

三　妳心目中的理想男人樣子？

兒子。（每個媽媽都是兒子的花痴）

我花了三十幾年才想清楚，不會有理想的男人，也不會有理想的生活，只有可以相處又過得下去的日子。

四　妳最害怕失去的東西？

親人和信念。

五　何時想一起去印度？

沒有這一天。

網友問大A

一　婚後過的那麼幸福，爲什麼還可以寫出以前單身、失戀和等待時的感覺？

因為還記得。

在還沒有忘記以前，我想要盡量寫出那時候的感受。讓一些人知道，有很多人和她一樣，她沒有小題大作。

二　藍白拖做過最感人浪漫的事情是什麼？

一個人有照顧我的習慣，對我來說就是浪漫。

三　有想過前男友看你寫的東西嗎？是不是幸福、有依靠了，就不再擔心以前的事？

有想過，可是不是很在意。

應該是說，不再擔心了，才可以真正的幸福。

四　愛情跟麵包要怎麼選？怎麼克服年齡的差距？

「愛情和麵包」和「愛我的和我愛的」這類的問題，對我來說都一樣。就是如果有兩難的選擇，代表了我覺得各自都不妥，我只是勉強自己挑一個沒那麼討厭的，而不是真的喜歡。所以我會說，不用選了。這兩個都不是你要的。

至於年齡的差距，大家太放大檢視了。其實兩個人要在一起，各方面都會有差距。年齡、學歷、經濟的差距，只是比較容易被看出來而已，可是不見得是關鍵。

五　如果藍白拖不小心出軌，妳會原諒嗎？

比原諒更重要的，應該是去理解。

理解我們的關係出了什麼問題，我們是不是都對彼此大意了？理解他抱持著是什麼樣的心意，「不小心」跟「不在意」是有差別的。

急著原諒或不原諒，都是在逃避。

一起回答

一　有討厭對方到想離開對方的時候嗎？

Ⓐ：有想要離開的時候，可是不是因為討厭，而是心灰意冷。在他好像還沒意識到自己已經是爸爸，還是自顧自地過生活的時候，我會很難過地想：「也許就讓他自由吧。」

藍：沒有，因為離開只會讓問題變得更複雜。

二　兩個人有各自的祕密嗎？

Ⓐ：有吧，可是也不會想要知道，「過去」不會比「現在」重要。

藍：我最大的問題就是沒有祕密。

三　**要怎麼樣才知道對方受得了自己？**

Ⓐ：相處吧，答案都在生活裡。

㊣藍：我覺得愛比忍受重要。聖嚴法師說：「慈悲沒有敵人，智慧不起煩惱。」

四　**兩位吵架後和好的祕訣是什麼？**

Ⓐ：吵過了就算了，因為都是小事。

藍：先給對方空間與時間冷靜，而非給予冷漠。讓對方知道彼此都在氣頭上，不會有好聽話。

五　**你們最像的地方是什麼？**

Ⓐ：本質上的柔軟和開放。

藍：我們最像的地方就是生活作息與性格完全不像。

結婚誓詞

結婚這件事呢，
不是因爲找到了一個完美的人，
而是找到一個知道彼此缺點，
可是還想一起生活的人。

想要看到你老了的樣子，然後爲對方染黑頭髮。
想要笑你原來也會變胖，然後不准你說我也是。
想要跟你去很多地方玩，玩到了最後想要回家。
想要醒來看到的人是你，坐在馬桶上看你刷牙。

因爲你知道我生氣的原因，百分之九十九是因爲我覺得你不愛我了。

剩下的百分之一是你追我的時候比較愛我。
你知道我只會爲了你生氣。
我好不容易可以在愛裡無理取鬧。

因爲你不會只喜歡我的美好燦爛，你連我丟臉的失敗的都愛。
我不用害怕不討你喜歡。

所以我要說：
我願意爲了你殺價。
我願意爲了你在家。
我願意爲了你裝傻。
我願意爲了你柴米油鹽醬醋茶。
我願意。

國家圖書館出版品預行編目資料

我可愛了 / 大A著. -- 初版. -- 臺北市 : 方智, 2016.10
256 面；14.8×20.8 公分 --（自信人生；136）

ISBN 978-986-175-437-6（平裝）

855　　105013235

Eurasian Publishing Group
圓神出版事業機構
用心與你對話．網野無限寬廣
方智出版社
Fine Press

www.booklife.com.tw　　reader@mail.eurasian.com.tw

自信人生 136

我可愛了

作　　者／大A
發 行 人／簡志忠
出 版 者／方智出版社股份有限公司
地　　址／台北市南京東路四段50號6樓之1
電　　話／（02）2579-6600・2579-8800・2570-3939
傳　　真／（02）2579-0338・2577-3220・2570-3636
總 編 輯／陳秋月
資深主編／賴良珠
專案企劃／陳怡佳・柳怡如
責任編輯／巫芷紜
校　　對／巫芷紜・賴良珠
封面設計／ Sansan
美術編輯／劉鳳剛
行銷企畫／吳幸芳・張鳳儀
印務統籌／劉鳳剛・高榮祥
監　　印／高榮祥
排　　版／莊寶鈴
經 銷 商／叩應股份有限公司
郵撥帳號／ 18707239
法律顧問／圓神出版事業機構法律顧問　蕭雄淋律師
印　　刷／國碩印前科技股份有限公司
2016年10月　初版
2016年10月　2刷

定價 340 元　　ISBN 978-986-175-437-6
版權所有・翻印必究
◎本書如有缺頁、破損、裝訂錯誤，請寄回本公司調換　　Printed in Taiwan